Ml. 7/04

Daniel Wiechmann

Immer bereit!

Daniel Wiechmann

Immer bereit!

Von einem jungen Pionier,
der auszog,
das Glück zu suchen

Droemer

Besuchen Sie uns im Internet:
www.droemer.de

Die Folie des Schutzumschlags sowie die Einschweißfolie
sind PE-Folien und biologisch abbaubar.
Dieses Buch wurde auf chlor- und säurefreiem Papier gedruckt.

Umschlaggestaltung: ZERO Werbeagentur, München
Umschlagillustration: FinePic
Gestaltung und Herstellung: Veronika Preisler, München
Satz: Ventura Publisher im Verlag
Druck und Bindung: Ebner & Spiegel, Ulm
Printed in Germany
ISBN 3-426-27335-7

2 4 5 3 1

SEID BEREIT

Inhalt

Vorwort

Vergessen Sie die ostalgische Erinnerung an Knusperflocken, Spreewaldgurken und Schlagersüßtafel. Vergessen Sie den Menschenzoo, in dem statt Tieren putzige Ossis mit buntgemusterten Nylonbeutelchen durchs Gehege stapfen. »Guck mal, da ist noch so einer. Ach, wie süß!«

Stellen Sie sich statt dessen einen Menschen vor. Einen ganz normalen Menschen. Einsachtzig groß, ein wenig zurückhaltend und schüchtern, mit einem Gesicht, das sich in vollkommener Unauffälligkeit verliert, etwa dreißig Jahre alt, im Osten Deutschlands geboren.

Ein solcher Mensch hat die eine Hälfte seines Lebens in der Zone verbracht, die andere Hälfte im Westen. Und jetzt, fünfzehn Jahre nach der »Wende«, ist er zu einem Geschöpf mutiert, das im Westen zu Hause ist, dem aber der Osten noch immer tief in den Knochen steckt. Dies ist seine Geschichte.

Es ist eine Geschichte, die erzählt, warum der Blick zurück auf das Leben in der DDR mehr wachruft als nur eine verklärte Erinnerung an die gute alte Zeit. Es ist die Geschichte eines Menschen, der sich – weil die Menschen nun einmal so sind – auf die Suche nach dem Glück begibt.

Es ist eine schwierige Suche: zum einen, weil dieser Mensch erst einmal herausfinden muss, was genau das eigentlich ist, das Glück; zum anderen, weil er umgeben ist von sichtbaren und unsichtbaren Schranken; und schließlich, weil er wie so viele andere Menschen in der DDR erst einmal lernen muss, wie das Leben und er selbst funktionieren (oder auch zu funktionieren haben).

Und es ist eine Geschichte, die erzählt, wie dieser Mensch am Ende das Glück tatsächlich findet.

Daniel Wiechmann
Januar 2004

Der bessere Mensch

»Hammer und Zirkel im Ährenkranz,
Zeichen des Glücks an der Wiege.
Weit über die Grenzen des Vaterlands
Trägt es den Ruhm unserer Siege.«
Wolfgang Lesser

Ich bin mir sicher, dass es auf der Welt so viele durchgeknallte Menschen gibt, weil sie in den ersten drei Monaten ihres Lebens nichts anderes als »Dutzidu« und hysterisches Juchzen in allen Tonlagen zu hören bekommen. So werden Psychopathen geboren. Ich weiß nicht, was genau meine Eltern in den ersten Monaten mit mir angestellt haben. Aber ich hatte von Anfang an ein gutes Gefühl und war schon in jungen Jahren mit Eifer dabei, mich zu einer allseits gebildeten sozialistischen Persönlichkeit zu entwickeln. Denn die Argumente, eine solche Persönlichkeit zu werden, hatten mich sofort überzeugt.

Ich wollte gerne einer jener besseren Menschen sein, die eine Gemeinschaft begründeten, in der das Motto »Friede, Freude, Eierkuchen« die Weltanschauung aller auf den Punkt brachte. Schließlich mochte ich den Frieden, ich freute mich gern, und was noch viel wichtiger war: Für warme Eierkuchen hätte ich fast alles getan, vor allem wenn sich im Kühlschrank zu Hause noch ein Glas mit leckerem Pflaumenmus fand.

Ich glaubte also fest an die Ideale einer besseren Gesellschaft, in der die Menschen sich umeinander kümmern, sich gegenseitig respektieren und in der niemand einen anderen von oben herab behandelt. Ich glaubte daran, dass Menschen dazu in der Lage sind, so miteinander umzugehen, dass niemand sich allein, einsam oder unnütz fühlen muss. Ich glaubte, dass die Starken verpflichtet sind, den Schwächeren zu helfen, und es auch gerne tun, damit es am Ende allen gemeinsam besser geht. Mit anderen Worten: Ich war ein hoffnungsloser Fall. Einer, den andere voller Spott und Mitleid als Idiot ansehen, jemand, der für seine enthusiastischen Reden für Freiheit und Moral bekannt ist und dem man gerne mit den Worten: »Lass mal gut sein« einen freundschaftlichen Klaps auf die Schulter gibt. Ein Ossi eben.

Unterwegs mit meinem Panzer

Um mich zu einer allseits gebildeten sozialistischen Persönlichkeit zu entwickeln und mich als würdiges Mitglied der Gesellschaft der besseren Menschen zu erweisen, musste ich diverse Stufen durchlaufen. Die erste davon war die Kinderkrippe. Sobald ich ein Jahr alt war und laufen konnte, steckte mich meine Mutter in eine solche Einrichtung, um selbst wieder zu arbeiten.

In einer Kinderkrippe im Osten Berlins geschah eigentlich nichts Ungewöhnliches. Nichts weiter als das, was geschieht, wenn ein Haufen Anderthalb- bis Dreijähriger zusammen ist. Man prügelte sich um das beste Spielzeug, fand alle anderen außer Stefan und Thomas doof, wollte sein Mittagessen nicht aufessen und sabotierte anschließend mit allen Kräften, die einem Kleinkind innewohnen, den Mittagsschlaf.

Wenn die Gruppe mit all diesen ohne Zweifel wichtigen Dingen nicht mehr beschäftigt war, blieb den Erzieherinnen Zeit für die Formung jener allseits gebildeten sozialistischen Persönlichkeiten. Wir lernten Lieder. Über den blauen Himmel, die gelbe lachende Sonne, die fröhlichen Fische im Wasser, die grünen Wälder und über Panzer.

Das Panzerlied ging so:

Ich fahre einen Panzer
Der schützt mein schönes Land
Ich fahre einen Panzer
Der ist wie eine Wand

Ich fahre einen Panzer
Weil ich mein Land so mag
Ich fahre einen Panzer
Nachts und auch am Tag

Ich fahre einen Panzer
Und schütze so mein Land
Ich fahre einen Panzer
Bin selbst wie eine Wand

Die Erzieherinnen erklärten uns, in dem Lied gehe es darum, etwas zu beschützen, das man sehr mag und das für einen sehr wertvoll sei. Wie zum Beispiel das schöne Land, in dem wir das Glück hatten zu leben.

Es leuchtete mir sofort ein, dass man etwas, das man sehr mochte, auch beschützen müsse. Ich fand das sogar sehr in Ordnung. Und ich beschloss, umgehend damit anzufangen, indem ich mein Lieblingsspielzeug, ein kleines rotes Feuerwehrauto, beschützte. Sprich: Ich gab jedem, der auch nur in die Nähe des Autos kam, eins auf die Nase.

Fortan fuhr ich in jeder Minute, die ich in der Kinderkrippe verbrachte, Panzer. Ich war wirklich stolz auf mich, denn ich war tatsächlich wie eine Wand. Der sehnsuchtsvolle Blick eines anderen Kinds auf meine schöne Feuerwehr genügte, schon schossen meine Fäuste in Richtung Feind. Allerdings nur viermal. Dann schritten die Erzieherinnen ein und behaupteten, dass ich so etwas nicht machen könne. Ich sei im Unrecht.

Wie das? Ich verstand die Welt nicht mehr. Ich mochte mein Feuerwehrauto wirklich sehr, verteidigte ich mich, und das Panzerlied sei ja wohl eindeutig in seiner Aussage und an meiner inhaltlichen Interpretation nichts auszusetzen.

Selbstverständlich benutzte ich in der Diskussion mit meinen Erzieherinnen nicht solche schweren Worte wie »Interpretation« und »inhaltlich«, aber ich formulierte unmissverständlich meinen Standpunkt: Alles, was ich getan hatte, war, mein Feuerwehrauto zu verteidigen, so wie es mich das Panzerlied gelehrt hatte.

Die Erzieherinnen aber konnten meine Verzweiflung nicht nachvollziehen und erklärten, dass ich die rote Feuerwehr mit den anderen Kindern teilen müsse, weil das Auto ihnen allen gehöre. – Wie bitte? So leicht ließ ich mich nicht abspeisen. Da wollte ich dann doch schon gerne etwas genauer wissen, warum ich mein schönes Land, das ja wohl noch viel mehr Leuten gehört als die rote Feuerwehr, mit einem Panzer verteidigen sollte. So erfuhr ich, dass es auf der Welt nicht nur gute Menschen gab, so wie mich und die anderen Kinder in der Krippe und wie meine Eltern und meine Erzieherinnen, sondern dass das Land der guten Menschen von einer Grenze umgeben war. Jenseits dieser Grenze lebten andere Menschen. Nicht so nette, fast könnte man sagen: böse Menschen. Die Wessis eben.

Idiotentest

Mit derart fundamentalen Erkenntnissen über die Beschaffenheit der Welt versehen, kam ich in den Kindergarten. Der Kindergarten war große klasse. Bei schönem Wetter konnte man draußen Fußball spielen, bei schlechtem Wetter die Mädchen drinnen an den Zöpfen ziehen. Einfach unfassbar, was für Laute Mädchen von sich geben konnten, wenn man sie nur kräftig genug am Zopf zog.

Ich und meine beiden besten Freunde Stefan und Thomas versuchten ganze Nachmittage lang, diese Töne nachzumachen. Thomas und ich scheiterten kläglich, Stefan dagegen zeigte sich erstaunlich begabt.

Die Lust an den Zöpfen verging uns erst, als Nadine, die leider größer und stärker war als wir drei, Thomas nach einer Zopfattacke übel verdrosch. Nicht genug damit, forderten die hinzugeeilten Erzieherinnen sie nach Klärung der Sachlage auf, ruhig noch mal zuzulangen, damit sich der Thomas ein für allemal merke, was Schmerzen sind und dass man diese anderen nicht zufüge. Wir konnten damals noch nicht ahnen, dass dies erst der Anfang eines Kampfes war, der uns zeit unserer Kindheit beschäftigen sollte: der Kampf Gut gegen Böse. Der Kampf Mann gegen Frau. Vorerst plätscherte das Kindergartenleben noch träge vor sich hin.

Um uns auf die Schule vorzubereiten, lernten wir Woche für Woche Zahlen, Geschichten und neue Obst- und Gemüsesorten, von denen ich diejenigen, die mir besonders lecker zu sein schienen, lange Jahre nirgendwo anders als eben auf jenen Obst- und Gemüselerntafeln des Kindergartens sehen sollte. Das war wie mit den Dinosauriern. Die hatte auch noch niemand leibhaftig gesehen.

Das Lernen fiel mir nicht schwer. Alles war also in bester Ordnung. Wäre da nicht Helge Pappbrodt gewesen.

An manchen Tagen im Kindergarten drohte ich vor Wut vollkommen durchzudrehen. Die häufigste Ursache für dieses schmerzhafte und sehr intensive Gefühl war Helge. Dass er mit Nachnamen Pappbrodt hieß, dafür konnte er nichts. Trotzdem bezahlte Helge natürlich den angemessenen Preis dafür, indem er sich ein- oder zweimal die Woche von uns so lange hänseln ließ, bis er weinen musste. Aber dann war es auch schon wieder gut.

Nicht gut war jedoch für mich, dass Helge ein kompletter Idiot war. Er war so dumm, dass ich mich fragte, ob Helge sich nicht zufällig im Kindergarten geirrt hatte. Ich war mir nämlich verdammt sicher, dass es sich bei meinem Kindergarten um keinen Idiotenkindergarten handeln konnte. Ich, Stefan und Thomas waren die besten Beispiele dafür. Okay, Thomas brauchte manchmal etwas länger, zum Beispiel beim Schuhezubinden. Aber dabei handelte es sich immerhin um eine sehr komplizierte logistische Aktion, die wohlbedacht sein wollte und mit Ruhe ausgeführt werden musste. Ich wusste das nur zu genau, schließlich war ich selbst einmal über einen meiner Schnürsenkel gestolpert und hatte mir das Knie blutig geschlagen. Ich hatte die Schlaufe nicht fest genug zugezogen, und die Schnürsenkel hatten sich gelöst. Nur weil Thomas sich eine Weile länger mit seinem Schuhen beschäftigte und immer eine Viertelstunde zu spät zum Fußballspielen in den Garten kam, war er noch lange kein Idiot.

Helge dagegen konnte seine Schuhe schnell anziehen, aber

da er überhaupt nicht Fußball spielen konnte, war es total sinnlos, dass er bereits auf dem Feld stand, während Stürmer-As Thomas noch überlegte, welches der beiden Schnürsenkelenden er jetzt durch die Schlaufe ziehen sollte ... oder doch lieber erst verknoten ... und überhaupt.

Die Tatsache, dass Helge nicht Fußball spielen konnte, reichte meiner Meinung nach vollkommen aus, um ihn als Idiot zu klassifizieren. Außerdem konnte sich Helge auch keine Liedtexte merken, er sang, wie Hyänen heulen, und war nicht einmal imstande, sich unbemerkt von hinten an Mädchen anzuschleichen, um sie an den Zöpfen zu ziehen. Mit anderen Worten: Helge war zu nichts zu gebrauchen.

Das schlimmste für mich aber war, wenn Helge mit den Steckbausteinen spielte und Häuser baute. Er setzte immer einen Stein auf den anderen und glaubte tatsächlich, auf diese Weise stabile Gebäude errichten zu können. Ja, wusste dieser depperte Dreijährige denn nicht, dass nicht Fuge über Fuge stehen darf? Schön einen Stein versetzt auf den anderen stekken, und schon war eine Wand fertig, die selbst der Wolf aus den »Drei kleinen Schweinchen« nicht kaputtblasen konnte. Die Geschichte kannte doch wohl jeder. Ich hatte sie ein gutes Dutzend mal gehört. Auch im Kindergarten.

Zwei von den drei kleinen Schweinchen waren faul und bauten sich nur ein Haus aus Stroh und Holz. Das ging zwar schneller, konnte aber vom Wolf, der an die Schweinerippchen wollte, problemlos geknackt werden. Nur mit Mühe gelang es den beiden, zum fleißigen dritten Schweinchen zu fliehen, das sich ein Steinhaus gebaut hatte. Und wie waren die Steine da aufeinandergesetzt? Versetzt. Eine ganz simple Technik. Aber für Herrn Helge »Simplicissimus« Pappbrodt offenbar nicht einfach genug.

So wie Helge baute, ließ sich das ganze Bauwerk mit dem leichten Stups eines Fingers zerstören. Selbstverständlich schickte ich mich an, Helge davon in Kenntnis zu setzen. Helge hatte an seinem ... ja, was hatte er da eigentlich gebaut? Ein Haus? Eine Burg? Eigentlich war es nur ein Haufen Steine, den er planlos aufeinandergesetzt hatte. Das aber hatte Helge drei Tage lang getan, und so war das Etwas zu wahrhaft monströser Größe gewachsen und ging mir bis zum Bauch.

»Helge«, hob ich an, »würden wir in Japan leben ... du weißt schon, direkt über dem Marianengraben ... dann hätte sicherlich das eine oder andere Erdbeben das vollbracht, was ich nun tun muss.« Ich benutzte bei meiner kurzen Ansprache vielleicht nicht exakt die Wörter »Erdbeben«, »Japan« und »Marianengraben«. Aber es war genau das, was ich meinte, als ich mich an ihn wandte.

Helge schaute mich mit großen Augen an und sagte: »Hä?«

Ich versuchte wirklich, ruhig zu bleiben. Und ich schaffte es auch für ungefähr eine Millisekunde. Dann streckte ich einen Finger aus und berührte ganz leicht eine der Säulen, die Helge ohne Stütze und Verbindung zu einer Wand aneinandergereiht hatte. Stefan und Thomas behaupteten hinterher zwar, dass ich beide Hände zu Hilfe genommen und ordentlich Schwung geholt hätte, aber dass ich sogar mit den Füßen gegen Helges Bau getreten sei, da mussten sich die beiden einfach geirrt haben.

Was jedenfalls auf meine Aktion folgte, war ein Spektakel, das selbst den Domino Day in den Schatten stellte. Das gesamte Bauwerk stürzte mit lautem Getöse in sich zusammen, Helge watete in dem Steinhaufen herum und starrte fassungslos auf das Ausmaß der Zerstörung, das ihn umgab. Drei Tage lang hatte er gearbeitet. Umsonst.

Bevor ich ging, wandte ich mich noch mal an Helge und fragte ihn: »Weißt du eigentlich, was eine versetzte Fuge ist?« Aber alles, was Helge sagen konnte, bevor er losheulte, war: »Hä?« Er war eben ein Idiot. Ganz klar.

Wie so oft sahen meine Erzieherinnen die Sache ein wenig anders. Über eine halbe Stunde lang diskutierten die Kindergarten-Tanten mit mir über ein angemessenes Strafmaß. Ich fühlte mich vollkommen unschuldig. Helge war in meinen Augen nicht besser als eins von den beiden faulen Schweinchen. Und ich war der Wolf. Ich hatte ein Recht auf die Schweinerippe. Das war das Gesetz der Natur. Hätte Helge das Haus anständig gebaut, wäre es auch nicht kaputtgegangen.

Ich war beeindruckt von der argumentativen Kraft meiner Verteidigung. Das Erzieherinnen-Strafgericht allerdings setzte das Gesetz der Natur kurzerhand außer Kraft und ließ schnöde Willkür walten. In ihren Augen war ich nämlich kein Wolf, sondern ebenfalls eins der Schweinchen. Sie machten mir klar, dass wir im Osten alle Schweinchen waren, die zusammenhalten mussten gegen das Böse. Selbst wenn der Helge also seine Häuser nicht so toll baute, hätte ich Rücksicht auf ihn nehmen müssen.

Ich wurde dazu verdonnert, unter Helges Anleitung das zerstörte Bauwerk wiederzuerrichten. Und zwar genau so, wie Helge es sagte. Natürlich bestand Helge auf seiner Leichtbauweise. Die Steine gegeneinander versetzen wollte er nicht.

Die Wiederrichtung des Helgeschen Monsterbaus bedeutete für mich drei Tage Stumpfsinn, in denen ich mich fragte, warum es so schwierig war, die richtigen Lehren aus den Liedern und Geschichten zu ziehen, die wir die ganze Zeit im Kindergarten sangen und erzählt bekamen. Und dann dachte ich noch: Hoffentlich wird der Helge, wenn er mal groß ist, nicht Bauarbeiter.

Das System Sven

Mit der Zeit langweilte ich mich im Kindergarten. Ich konnte mittlerweile die Obst- und Gemüsetafeln in- und auswendig herbeten, während Helge noch nicht einmal in der Lage war, eine Ananas von einer Gurke zu unterscheiden. Anfangs war es noch ein recht amüsantes Schauspiel, zu beobachten, wie die Erzieherinnen sich mit Helge abmühten und ihm anstelle eines Obst- oder Gemüsenamens meistens doch nur sein berühmtes, quäkendes »Hä?« entlockten.

Die anderen Kinder in der Gruppe waren zwar nicht ganz so doof wie Helge, aber auch sie waren tatsächlich imstande, eine Zitrone mit einer Orange zu verwechseln. Ähnlich lief es beim Lernen von Liedern oder Zahlen oder wenn es darum ging, den Erzieherinnen Bescheid zu sagen, wenn man auf Toilette musste. Ich konnte das. Ich wusste, dass nach der Drei die Vier kommt, und wenn meine Erzieherin sieben Finger in die Luft hielt und fragte, wie viele das seien, dann musste ich nicht dreimal raten, sondern sagte: »Sieben.« Und wie konnte jemand so dreist sein, nachdem er sich in die Hosen gemacht hatte, zur Erzieherin zu laufen und zu behaupten, er müsse auf die Toilette. Dafür war es ja wohl ganz offensichtlich zu spät. Nein, ich spürte es mehr und mehr: Ich unterschied mich von den anderen Kindern. Ich konnte denken. Und ich war stolz darauf.

Was ich allerdings vermisste, war die Annerkennung meiner herausragenden Fähigkeiten, die ich so hingebungsvoll und pflichtbewusst einsetzte, um zur sozialistischen Persönlichkeit zu reifen. Ich war verdammt noch mal derjenige, der als erster die Obst- und Gemüsetafeln in der Kindergartengruppe auswendig gelernt hatte, ich kannte immerhin auch schon den Unterschied zwischen Ossis und Wessis, und ich wusste, wie man eine haltbare Mauer baut. Da konnte man mich doch nicht behandeln wie einen x-beliebigen Vierjährigen.

Aber es sollte noch schlimmer kommen. Meine Erzieherin wurde krank, und alle Kinder unserer Gruppe wurden auf die übrigen Gruppen im Kindergarten verteilt. Ein grausames Schicksal, denn wir kannten dort gar keinen, und mit etwas Pech landete man mit zwei Mädchen oder mit Helge in einer dieser anderen Gruppen und hatte demzufolge niemanden, mit dem man toll spielen konnte. Und wenn das Unglück dein bester Freund war, bestand sogar die Möglichkeit, in die Gruppe von Sven zu kommen. Das war genau das, was mir passierte.

Sven war schon fünf, und für einen Fünfjährigen war er viel zu groß geraten. Überhaupt schien er eine Wiedergeburt von Dschingis Khan oder Iwan dem Schrecklichen zu sein. Mich jedenfalls begrüßte er mit den Worten: »Schön, dass du da bist. Von heute an bist du mein Sklave.«

Ich dachte nicht weiter über Svens Worte nach. Ich machte mir noch nicht einmal die Mühe, ihm auseinanderzusetzen, dass ich ein Leben in Freiheit führe, meine verfassungsmäßig verbrieften Rechte kenne und er mich einmal dort gern haben könne, wo sogar der Kaiser ein Loch hat. Das war ein Fehler. Es gab keinen Kaiser in der DDR.

Noch bevor ich in die Spielzeugecke trotten konnte, um mir einen ersten Überblick zu verschaffen, wie es um die

Ausstattung mit Büchern, Autos und Bausteinen in dieser Gruppe bestellt war, wurde ich zu Boden gestoßen. Sven beugte sich über mich und flüsterte mir ins Ohr: »Wenn ich dich zu meinem Sklaven ernenne, erwarte ich, dass du vor mir auf die Knie gehst und dich dafür bedankst.«

Langsam dämmerte es mir, dass Sven es vollkommen ernst meinte. Ich fragte mich bloß, warum die Erzieherinnen nicht einschritten. Sie mussten doch sehen, dass hier ein Unrecht geschah. Aber Sven hatte seine Vorkehrungen getroffen.

Während ich am Boden lag, niedergedrückt von Svens Knie, bemerkte ich, dass in einer anderen Ecke des Zimmers zwei von Svens Vasallen aus heiterem Himmel ein Heidenspektakel angefangen hatten. So waren die Erzieherinnen abgelenkt. Und die mitleidigen und verschreckten Augen der anderen Kinder sagten mir, dass ich von ihnen keine Hilfe bekommen würde. Ich hatte ein ernstes Problem.

Das war meine erste Bekanntschaft mit dem System Sven. Das System Sven bestand aus Schmerzen und Angst. Wer nicht spurte, wurde von Sven verhauen. Wer ihn bei den Erzieherinnen verpetzte, wurde hinterher noch mehr verhauen. Und Sven war ein virtuoser Spieler auf dem Klavier der Schmerzen, der Mozart unter den Schlägern. Wer die Folter einmal erlebte, hielt hinterher für immer die Klappe. So kam es beispielsweise, dass Svens Team beim Fußball in der Regel 10:0 oder 12:0 gewann. Tja, und dreimal dürfen Sie raten, wer alle Tore machte. Genau: Sven, der Schreckliche. Schoss jemand aus der gegnerischen Mannschaft aus Versehen doch mal ein Tor, beeilte er sich zu erklären, dass er natürlich abseits gewesen und der Treffer deshalb nicht rechtmäßig sei. So funktionierte das System Sven.

Fortan war ich Svens Sklave. Ich musste ihm die Schuhe binden, ihm meine Nachspeise überlassen, sein Spielzeug aufräumen und hin und wieder gegen einen Schrank laufen oder über ein Spielzeug stolpern. Das bereitete Sven die größte Freude, und so war mein Körper bald übersät von Schrammen und blauen Flecken.

Selbstverständlich versuchte ich meinen Eltern zu erzählen, was da im Kindergarten vor sich ging. Aber als meine Mutter nachfragte, bekam sie nur zu hören, dass der Sven ein ganz, ganz Lieber sei, der noch nie einem anderen etwas zuleide getan habe. Ich hätte wohl einfach Schwierigkeiten, mich in der neuen Gruppe zurechtzufinden und zu integrieren. Das System Sven funktionierte perfekt. Meine einzige Hoffnung war die baldige Genesung meiner Erzieherin.

Was mich richtig wütend machte, war die Tatsache, dass niemand von den Erwachsenen mitzukriegen schien, was hier vor sich ging. Ich fand es unglaublich, dass meine Eltern und die Erzieherinnen mich tatsächlich für einen derart tolpatschigen Trottel hielten, dass ich einmal am Tag gegen eine Wand lief oder mir beim Fußballspielen das Bein aufschlug. Was war da los? Erst stellten sich die Erzieherinnen schützend vor einen Idioten wie Helge, und nun kam einer wie Sven auch noch mit den denkbar plumpsten Verschleierungen seiner Gewalttaten durch.

Ich hielt diese Entwicklung vor allem aus zwei Gründen für besorgniserregend. Erstens half es mir momentan überhaupt nicht weiter, dass ich klug war. Ich war bereit, mein ganzes Wissen gegen die Kraft einzutauschen, Sven beim Fußball übel umzugrätschen und ihm hinterher mehr Schmerzen zuzufügen, als er es sich je hätte träumen lassen. Zweitens fand ich es merkwürdig, dass es einen Typen wie Sven in der sozialistischen Gemeinschaft überhaupt gab. Was hatte ein übler Gewalttäter, der seine Kindergartengruppe in der Manier eines Sonnenkönigs führte und sich Sklaven hielt, diesseits der Mauer verloren? Gehörte so einer nicht rüber zu den Wessis?

Die Sache mit dem Sozialismus und der Entwicklung einer entsprechenden Persönlichkeit schien doch nicht so leicht zu sein, wie ich es mir vorgestellt hatte. Überhaupt wunderte es mich, dass das Bestreben, eine allseits gebildete sozialistische Persönlichkeit zu werden, bei anderen Kindern überhaupt nicht so ausgeprägt zu sein schein wie bei mir. Helge zum Beispiel machte überhaupt keine Anstalten, ein besserer Mensch zu werden, um sich später einmal voll und ganz in den Dienst der guten Sache zu stellen. Und wenn einer wie Sven an andere Menschen dachte, fragte er sich sicherlich nicht, ob und wie er ihnen helfen könne, sondern ersann einen seiner teuflischen Pläne, um sie zu knechten oder zu foltern. Irgend etwas stimmte hier nicht, aber ich wusste nicht, was es war.

Vorerst waren diese Gedanken wie Mückenstiche. Sie juckten zwar eine Weile, aber dann, ohne dass man hätte sagen können, wann, hörte das Verlangen, sich zu kratzen, auf, und alles war wie zuvor. Nun, vielleicht nicht ganz alles. Als meine Erzieherin nach zwei Wochen wieder gesund war, setzte ich das begonnene Krafttraining fort. Vielleicht würden Sven und ich uns noch einmal über den Weg laufen. Dafür wollte ich gerüstet sein.

Operation Sandkasten

Es gab diesen Tag im Kindergarten, an dem ich erfuhr, dass für Männer sogar der Himmel die Hölle ist und die Hölle selbst sowieso. Es war der Tag, an dem ich lernte, dass Gott die Männer verraten hatte.

Es geschah, als ich und meine Freunde aus dem Kindergartenkollektiv wieder einmal versuchten, den Mädchen unter die Röcke zu schauen. Ohne Erfolg. Die Erzieherinnen erwischten mich und die ganze Bande und missverstanden unsere eigentlich liebevolle Neugier vollkommen. Die Erzieherinnen waren nämlich leider auch alle Mädchen, wenn auch ein bisschen ältere Mädchen.

Ihre Strafe war grausam. Die Erzieherinnen stellten uns Delinquenten alle in einer Reihe auf, zogen uns die Hosen runter und stellten unsere noch shrimpsähnliche Männlichkeit bloß. Dann fragten sie, ob wir uns jetzt wohl fühlten. Das taten wir nicht. Menschen mit tomatenrotem Kopf fühlen sich niemals wohl. Dann fragten sie, ob ich und die anderen vielleicht glaubten, dass sich die Mädchen wohl fühlten, wenn wir ihnen in der gleichen Weise grob nachstellten ...

Der Teufel ist ein Logiker. Und in diesem Augenblick, in dem ich mit heruntergelassener Hose vor den Erzieherinnen stand, in diesem Augenblick dachte ich: Der Teufel ist eine Frau. Unsere Erzieherinnen hatten uns den Krieg erklärt. Jetzt war Geschlechterkampf.

Diese Demütigung musste gerächt werden. Wir ersannen daher eine tückische List und schickten unsere Geheimwaffe ins Gefecht: die Brillenträger. Ich war einer von ihnen und wurde per Los bestimmt, das Opfer zu bringen. Zwar handelte es sich dabei um eine grobe Schädigung unseres sozialistischen Gesundheitswesens, aber die Umstände zwangen uns dazu. Wir konnten nicht anders handeln.

Unauffällig gruben die Jungs in dem zehn mal zehn Meter großen Sandkasten ein Loch, warfen meine Brille hinein und schütteten alles wieder zu. Anschließend lief ich heulend zum Feind, den Erzieherinnen, und erzählte ihnen, dass ich meine Brille im Sandkasten verloren hätte und jetzt nicht mehr richtig sehen könnte. Was leider stimmte. Das folgende Schauspiel erlebte ich nur verschwommen mit.

Die Täuschung gelang. Der Sandkasten wurde sofort abgesperrt, und die Erzieherinnen suchten ihn systematisch ab, in der Hoffnung, dass die Brille irgendwo oben im Sand läge. Sie robbten und watschelten durch den Buddelkasten, wühlten sich durch den Sand und machten sich schmutzig. Wir hatten es geschafft. Wir hatten den Teufel in die Knie gezwungen.

Mit der Zeit tasteten die Erzieherinnen immer hilfloser im Sandkasten herum. Zehn mal zehn Meter! Die Jungs hatten tief genug gegraben. Schweigend genossen wir unsere Rache.

Weil ich nichts richtig sehen konnte, hatte ich Zeit zu grübeln. Was würde die Zukunft bringen? Konnten wir den Kampf gegen die teuflischen Erzieherinnen tatsächlich gewinnen? Würden wir dann endlich erfahren, was sich unter den Röcken der Mädchen verbarg? Mich fröstelte bei diesen Gedanken. Wir hatten zwar einen Sieg errungen, aber es war nur die erste aller Schlachten im Krieg der Geschlechter. Ich ahnte plötzlich, dass Männer in Wirklichkeit einsam waren, dass wir immer einsam bleiben würden. Völlig auf uns allein gestellt. Das war unser Schicksal.

Wenn der Teufel eine Frau war, was war dann mit seinem großen Gegenspieler, was war mit Gott? Auf welcher Seite stand er in diesem Kampf?

Ich blickte in den Sandkasten, den die Erzieherinnen auf der Suche nach meiner Brille immer noch durchwühlten, schaute in den Himmel und wusste, wer immer Gott war, er war nicht mit uns Männern. Denn wenn Gott ein Mann wäre, dann hätte es jetzt angefangen zu regnen.

Meine Brille aber, die haben sie nie gefunden.

Das Leben findet einen Weg

Ich lebte in einem Wohnblock an der Leninallee, einem typischen Plattenblau. Ein Block stand neben dem anderen. Etwa fünfzig Meter vom Haus entfernt gab es eine Kaufhalle und einen Komplex mit einer Klubgaststätte, einem Friseur, einem Blumenladen und einem Jugendklub. Das alles auf einem großen Platz, der von weiteren Wohnblöcken flankiert war, die einundzwanzig Stockwerk hoch in den Himmel ragten. In der Mitte des Platzes gab es einen Brunnen.

Der Brunnen vor der Kaufhalle war hässlich. Er bestand aus ein paar grauen Betonwänden, in die sich der Schmutz der siebziger Jahre hineingefressen hatte. Die Betonplatten standen so zueinander, dass sich Winkel und Ecken ergaben, in denen man prima Fangen spielen konnte. Einige der Wände waren nur anderthalb Meter hoch, andere zwei, vielleicht drei Meter. An einigen Stellen waren sie mit lila und dunkelblauen Keramiksteinen verziert, die perfekt mit dem Beton harmonierten und dieselbe Traurigkeit ausstrahlten.

Ich weiß nicht genau, warum, aber damals nahm ich diese Traurigkeit und Hässlichkeit nicht wahr. Wenn mich jemand gefragt hätte, ob ich den Brunnen oder gar den ganzen Platz schön fände, die Antwort wäre wohl »ja« gewesen. Vielleicht lag dieses Blindsein bezüglich ostdeutscher Plattenarchitektur daran, dass ich es nicht anders gewohnt war. In Ost-Berlin sah es fast überall so aus wie hier. Dieselben Kaufhallen, dieselben Wohnblöcke, dieselben Schulen. Meine Freunde und ich störten uns nicht an der Eintönigkeit. Wir konnten auch in einem hässlichen Brunnen spielen. Vor allem dann, wenn es Hunderte Kaulquappen darin gab.

Als ich die kleinen schwarzen Kaulquappen das erste Mal sah, konnte ich das Wunder kaum fassen. Der Brunnen befand sich mitten auf einem Platz, der komplett zugepflastert war mit Steinplatten. Im Umkreis von hundert Metern gab es kein Stück Gras oder Wiese. Aber, wie ein weiser Mann einmal gesagt hatte: »Das Leben findet immer einen Weg.«

In diesem Fall dauerte es allerdings eine ganze Weile, bis ich herausfand, wie die Kaulquappen in den Brunnen gekommen waren. Ich wusste, dass es sich um Froschkinder handelte. Folglich musste es hier irgendwo Frösche geben, die Sex miteinander gehabt hatten. Aber wo, wenn es in weitem Umkreis nur Steine gab? Irgendwo da hinten gab es zwar ein paar traurige Vorgärten, aber nichts, was den Namen Natur verdient hätte. Mit anderen Worten: Hier herrschte ein lebensfeindliches Umfeld für Frösche, da war ich mir sicher. Ich hatte auch noch nie einen hier gesehen.

Frösche auf Wanderschaft? War das eine Möglichkeit? Ich hatte mal was von wandernden Kröten gehört. Der Platz war allerdings umgeben von vielen Straßen, für Tiere auf der Durchreise war das auch nicht gerade ideal. Trotzdem waren die Kaulquappen da. Sogar richtig viele.

Wie jeder von uns nahm auch ich ein paar Kaulquappen in einem Glas mit nach Hause in der Hoffnung, bald einen Frosch als Haustier zu haben. Meine Mutter zeigte sich davon allerdings überhaupt nicht begeistert und spülte die Quappen kurzerhand die Toilette runter. Meine Mutter und die Mütter meiner Freunde schienen einer Art Geheimbund anzugehören, in dem sie lernten, wie sie ihre Kinder am besten quälen konnten, denn fast allen meinen Freunden erging es genauso. Nur Ricardo durfte seine Kaulquappen behalten.

Fortan schaute ich täglich bei Ricardo vorbei, um mich über das Wachstum der Kaulquappen zu informieren. Nach drei Tagen waren alle tot. Wir waren ratlos.

Es wurde höchste Zeit, dass wir endlich in die Schule kamen und lernten, dass die Froscheier am Fuß einer Ente oder eines anderen Vogels klebengeblieben waren, der sie dann in den Brunnen gebracht hatte. Und dass Kaulquappen Algen, einen bestimmten pH-Wert und ein wenig Sonne brauchen, um zu überleben.

Die zehn Gebote

Als ich in die Schule kam, merkte ich sofort: Hier weht ein anderer Wind als im Kindergarten. Gut, ich und die anderen Hortkinder in meiner Klasse mussten zwar noch immer Mittagsschlaf machen, aber wir hatten bereits nach kurzer Zeit bei einem Fahnenappell vor der ganzen Schule das Pionierversprechen abgegeben und waren so feierlich in die Pionierorganisation Ernst Thälmann aufgenommen worden.

Die Polytechnische Oberschule, in die ich ging, war nach Victor Jara benannt. Unsere Lehrerin erklärte uns, wer das war, denn die Gedenkvitrine mit Bildern und Artikeln über Jara, die direkt vor dem Sekretariat stand, half uns Noch-Analphabeten ja nicht weiter. Victor Jara war ein chilenischer Musiker, der nach dem Sturz von Salvador Allende und Pinochets Machtübernahme ins Gefängnis kam. Damit er auf seiner Gitarre keine Lieder mehr gegen die Diktatur spielen konnte, brachen ihm die Wärter in der Gefangenschaft beide Hände.

Ich habe oft versucht, mir vorzustellen, wie diese Szene abgelaufen ist. Welche Schmerzen Victor Jara erleiden musste, als seine Hände gebrochen wurden. Und welche Schmerzen er sein Leben lang in seinem Herzen getragen hatte, da er fortan als Musiker kein Instrument mehr spielen konnte. Victor Jara wurde aber wenig später ermordet.

Ich hätte es nicht so schlimm gefunden, wenn die Gefängniswärter ihn geschlagen oder getreten hätten, aber dass sie ganz bewusst seine Hände zerstörten, das war das Böseste, von dem ich bisher je gehört hatte. Später sollte ich erfahren, dass Menschen zu noch weitaus schlimmeren Greueltaten fähig waren. Damals aber waren für mich Victor Jara und seine Geschichte Motivation genug, um ein guter Pionier zu sein. Denn so etwas Grausames sollte keinem Menschen je widerfahren.

Als Jungpioniere durften wir endlich das blaue Halstuch und die weiße Pionierbluse mit dem Emblem der Pionierorganisation tragen: ein J und ein P, eng aneinandergeschmiegt, so dass sie eine Fackel ergaben, auf der drei rotgelbe Flammen loderten. Von nun an gehörte ich dazu. Ich war nicht mehr nur einfach irgendein Junge. Ich war ein Junger Pionier. Und als solcher stand ich in der Verantwortung, mich entsprechend zu benehmen und mich würdig zu erweisen. So wie es in den Geboten der Jungpioniere stand, die einzuhalten ich mit dem Pionierversprechen gelobt hatte. Es waren genau zehn.

Unsere Klassenlehrein ging sie gemeinsam mit uns durch, denn lesen konnten wir ja noch nicht. Die Gebote lauteten:

> Wir Jungpioniere
> … lieben unsere Deutsche Demokratische Republik.
> … lieben unsere Eltern.
> … lieben den Frieden.
> … halten Freundschaft mit den Kindern der Sowjetunion und allen Ländern.
> … lernen fleißig, sind ordentlich und diszipliniert.
> … achten alle arbeitenden Menschen und helfen überall tüchtig mit.
> … sind gute Freunde und helfen einander.
> … singen und tanzen, spielen und basteln gern.

… treiben Sport und halten unsere Körper sauber und gesund.
… tragen mit Stolz unser blaues Halstuch.
Wir bereiten uns darauf vor, gute Thälmannpioniere zu werden.

Jetzt hatte ich ein echtes Problem. Ich konnte nämlich nicht tanzen. Während bei anderen Menschen die Noten übers Ohr in den Körper gelangten und dann dort in geschmeidig rhythmische Bewegungen umgesetzt wurden, schien mein Körper mit einer Art Noten-Firewall ausgestattet zu sein. Meine Ohren schienen Töne für Viren zu halten. Ich war einfach nicht in der Lage, die ankommenden Melodien zu entschlüsseln und in angemessene Bewegungen zu transferieren. Das einzige, was ich zustande brachte, waren willkürliche Zuckungen.

Es war ja nicht so, dass ich nicht gern getanzt hätte. Ganz im Gegenteil. Vor einem Jahr hatte ich sogar versucht, mit meiner Kindergartenliebe Sandra beim Fasching zu tanzen. Erst dachte ich, dass alles super sei. Sie lachte die ganze Zeit. Und sie sah umwerfend aus, wenn sie lachte. Sie kam gar nicht mehr richtig mit der Musik mit, so sehr lachte sie. Dann bemerkte ich, dass ich der einzige war, der überhaupt noch tanzte beziehungsweise zuckte. Alle anderen Kinder und sogar die Erzieherinnen schauten mich an und lachten.

Über zwei Monate lang verging kein Tag, an dem Sandra nicht mit ihren Freundinnen angelaufen kam und mich fragte, ob ich ihnen nicht etwas vortanzen wollte. Und noch ehe ich »nein« antworten konnte, kicherten sie und waren auch schon wieder weg. Noch heute überfällt mich ein leichtes Frösteln, wenn Frauen über den Mann ihrer Träume sagen –

und sie sagen es sehr oft: »Er muss mich zum Lachen bringen können.«

Ich meldete mich also, schilderte meiner Lehrerin das Problem, so gut es ging, und fragte, ob ich auch dann ein guter Jungpionier sein könne, wenn ich nicht tanzen kann. Schließlich wollte ich ja jetzt als Jungpionier alles richtig machen. Als Alternative zu den mangelhaften Tanzfähigkeiten, sozusagen als Ausgleich, könnte ich anbieten, mehr zu spielen, mehr zu basteln, mehr Sport zu treiben oder mich öfter zu duschen. Das waren, soweit ich mich erinnerte, die einzigen quantifizierbaren Tätigkeiten, die in den Geboten vorgegeben waren. Die DDR oder die eigenen Eltern noch mehr zu lieben und die Arbeiter und Bauern noch mehr zu achten, das konnte man ja schwer nachweisen.

Meine Lehrerin schaute mich merkwürdig an, aber anscheinend hatte ich bei den anderen in der Klasse einen Nerv getroffen. André meldete sich nämlich auch sofort und wies darauf hin, dass er überhaupt nicht singen könne. Wie recht er hatte. In der ersten Musikstunde, in der unser Musiklehrer jeden von uns sein Lieblingslied aus dem Kindergarten vorsingen ließ, tat André etwas, über das Jahrzehnte später ein großer Musiker einmal sagen sollte: »Deine Stimme klingt wie die von Kermit, wenn man hinten drauf tritt.«

Michael meldete sich ebenfalls. Irgendwie war es doch eine gewaltige Leistung, im Alter von sechs Jahren bei einer Körpergröße von 1,23 Metern bereits vierzig Kilogramm zu wiegen. Ganz klar, seine Probleme lagen beim Sport.

Unsere Lehrerin schaute weiter merkwürdig und erklärte dann, dass wir die Gebote nicht so eng sehen dürften. Wir würden das später schon merken, wenn wir in einigen Jahren Thälmannpioniere wären. Dann nämlich hätten wir die

Gesetze der Thälmannpioniere einzuhalten, und da gehe es dann nicht mehr darum, zu singen und zu tanzen, sondern um wichtigere Dinge. Und wenn Michael sich beim Sport richtig anstrenge, dann reiche das auch. Unserem Jungpionierdasein stand also nichts mehr im Weg.

Christkind gegen Weihnachtsmann

Pünktlich zum Dezember gab es in der Kaufhalle Orangen. Jedenfalls für die Berliner. Und ich lebte in Berlin. Dass die Berliner Orangen hatten und alle anderen nicht, war einer der Gründe, warum niemand in der restlichen Republik die Berliner leiden mochte. Die anderen Gründe waren, dass die Berliner auch öfter Bananen und Pfirsiche hatten und alle Bauarbeiter des Landes nur in Berlin bauten und keiner in Leipzig oder Magdeburg. Obwohl Leipzig und Magdeburg es auch sehr nötig gehabt hätten.

Als Kind freute ich mich besonders auf die Orangen im Dezember. Nicht nur deshalb, weil sie lecker waren (jedenfalls, wenn es nicht diese komischen grünen Orangen aus Kuba waren), sondern weil mit den Orangen Weihnachten kam und mit Weihnachten der Weihnachtsmann und mit dem Weihnachtsmann die Geschenke. Und das war auch gut so.

Ich hatte mit Weihnachten allerdings ein winziges Problem. Alle sangen unterm Tannenbaum »Leise rieselt der Schnee«. In diesem Lied gibt es die Zeile: »Freue dich, 's Christkind kommt bald.« Und damit stimmte etwas nicht. Das Christkind kam nämlich nicht.

Jedes Jahr sang ich »Stille Nacht, heilige Nacht«, und jedes Jahr freute ich mich auf dieses ominöse Christkind. Vielleicht war es ja ganz nett. Aber jedesmal stand wieder nur der Weihnachtsmann vor der Tür: roter Mantel, weißer Bart, ein Sack voller Geschenke und ein vertrockneter Tannenzweig als Rute.

Einmal fragte ich meine Eltern, wer dieses Christkind eigentlich sei und ob es vielleicht nicht wisse, wo wir wohnen? Meine Eltern überlegten ein wenig, bis mein Vater mir erklärte, dass bei uns deshalb immer nur der Weihnachtsmann komme, weil das Christkind ein bisschen schmächtig sei und die vielen schweren Geschenke, die ich immer bekäme, gar nicht tragen könne. Wenn ich es trotzdem unbedingt mal kennenlernen wolle, das Christkind, ließe sich das in diesem Jahr schon einrichten, aber dann würde es natürlich nur ganz kleine leichte Geschenke geben.

Weniger Geschenke, das war nicht gut. Konnten die beiden, Weihnachtsmann und Christkind, nicht vielleicht zusammen kommen, fragte ich. Der Weihnachtsmann könne ja wie bisher die schweren Geschenke tragen, während das Christkind noch ein kleines, zusätzliches Geschenk bringen könnte.

Meine Eltern überlegten wieder kurz, und dann erklärte meine Mutter, dass das nicht ginge, weil der Weihnachtsmann und das Christkind sich einmal furchtbar gestritten hätten, und seitdem könnten sie nicht mehr zusammen die Geschenke für die Kinder verteilen. Das fand ich traurig.

*

Als in diesem Jahr der Weihnachtsmann kam, drückte ich ihm, nachdem er wie üblich die vielen schweren Geschenke bei mir abgegeben hatte, eine Orange in die Hand und fragte ihn, ob er die nicht dem Christkind geben könnte. Ich stellte mir vor, dass die beiden vielleicht wieder miteinander reden würden und nicht mehr so böse aufeinander wären, wenn der

Weihnachtsmann mit einer wertvollen Orange beim Christkind auftaucht.

Der Weihnachtsmann guckte komisch. Aber ich bestand darauf, dass er die Orange mitnahm. Dann wollte ich wissen, worüber er denn mit dem Christkind gestritten habe. Der Weihnachtsmann guckte immer noch komisch. Ich dachte erst, dass er mich nicht richtig verstanden habe, weil er ja auch schon ein bisschen alt war und weil so viele weiße Haare über seinen Ohren hingen. Dann aber sagte der Weihnachtsmann, dass das Christkind drüben, beim Klassenfeind, arbeite und dass sie sich deshalb nicht vertragen würden. Dann ging er weg.

Ich blieb verwirrt zurück. Schon wieder waren die bösen Menschen jenseits der Grenze in meinem Leben aufgetaucht. Sogar der Weihnachtsmann wusste über sie Bescheid. Die Streitereien zwischen den guten und den bösen Menschen mussten ja wohl noch viel gravierender sein, als ich bisher vermutet hatte. Wenn sogar der Weihnachtsmann darin verwickelt war!

Wenigstens konnte er schwerere Geschenke tragen als das Christkind, tröstete ich mich. Trotzdem hätte ich ihm die Orange wieder wegnehmen sollen. Es war schließlich keine von diesen grünen aus Kuba.

Rübenmoral

Als ich gerade in die zweite Klasse gekommen war, sollte ich meinen ersten Auftritt vor einem großen Publikum haben. In der Schule wurde nämlich eine Solidaritätsgala vorbereitet. Jede Klasse musste sich dafür einen Programmpunkt ausdenken, und die stolzen Mütter, die mürrischen Väter, die gelangweilten Geschwister, die zu Tränen gerührten Großeltern und alle, denen keine Ausrede eingefallen war, mussten es sich angucken.

Der Erlös der Eintrittskarten ging an Nicaragua, Moçambique oder vielleicht nach Äthiopien. So genau achtete niemand darauf. Das Ritual war schließlich immer das gleiche. Ein paar Bilder in den Nachrichten der »Aktuellen Kamera« von ärmlichen Menschen und dazu die Parolen über die Menschen in der Welt, die auch gerne den Sozialismus hätten. Mehr war nicht nötig, um den ostdeutschen Solidaritätsreflex auszulösen. Entweder wurden Hilfspakete gepackt (ja, es ist wirklich wahr, die Ossis haben Pakete für die Rettung der Welt gepackt!), es wurden Kuchenbasare organisiert, oder man legte Sonderschichten beim Altstoffsammeln ein. Diesmal war es eben eine Gala.

Meine Klasse führte die Geschichte von der Rübe auf, die so groß war, dass der Bauer sie nicht allein aus der Erde ziehen konnte. Nicht einmal mit Hilfe seiner Frau, seines Kindes, des Hundes und der Katze schaffte er es, das Gewächs dem Erdreich zu entreißen. Erst als schließlich die Großmutter und der Großvater die Vereinigung aller gesellschaftlichen Kräfte vollzogen, gelang dem Bauern der Sieg über die Rübe.

Nachdem das Stück in der Klasse vorgelesen wurde, wollte ich von der Lehrerin wissen, warum der Großvater und die Großmutter erst nach den Haustieren drankamen. Wenn ich beispielsweise beim Tauziehen auf dem Sportfest, wo es immerhin darum ging, den stärksten Pionier zu ermitteln, die Wahl zwischen dem Großvater und der Katze hätte, würde ich auf jeden Fall immer den Großvater in meine Mannschaft wählen.

Meine Lehrerin schaute mich einen Moment lang eindringlich an und sagte dann, dass die Großeltern ihr ganzes Leben lang schwer gearbeitet hätten und sich deswegen in erster Linie ausruhen dürften. Aber wenn sie gebraucht werden, helfen sie selbstverständlich mit. Das sei ja auch die höhere Moral, die hinter dieser Geschichte stecke.

Aha.

*

Ich wollte in dem Stück unbedingt mitspielen. Nicht wegen der Moral, sondern wegen der Mädchen. In dem Moment nämlich, in dem Bauer, Frau, Kind, Hund, Katze sowie Großmutter und Großvater an der Rübe ziehen und die Rübe endlich nachgibt, purzeln alle wild durcheinander. Es hätte mir als noch nicht pubertierendem Zweitklässler schon gereicht, mal so richtig an den Hüften der Bauersfrau oder der Großmutter zerren zu dürfen. Dann aber noch auf sie draufzufallen, immer wieder, schon während der Proben und noch einmal vor einem riesigen Publikum ... Wo gibt es das sonst?

Hinsichtlich der Oma-Opa-Problematik stimmte ich meiner Lehrerin deswegen umgehend in ihrer moralischen Interpretation des Stückes zu und verbarg meine unredlichen Absichten hinter wolkigen Sätzen über die schwere Aufgabe der ostdeutschen LPG-Bauern, sich die unwirtliche Natur untertan zu machen, schließlich müsse man das Stück auch mal in diesem Zusammenhang sehen. Wohlwissend, dass derlei gesellschaftliche Reflexion belohnt wird, warf ich noch die Stichworte »intensivierte Agrarwirtschaft« und »Fünfjahrplan« in die Runde. Ich bin nicht sicher, ob ich wirklich die Worte »intensivierte Agrarwirtschaft« oder »Fünfjahrplan« verwendet habe, aber im Gegensatz zu letzterem ging mein Plan tatsächlich auf: Ich bekam eine Rolle in dem Stück.

Voller Sehnsucht fieberte ich der ersten Probe entgegen. Als Hund stand ich vor der Katze und der Großmutter. Ich fiel nach Herzenslust, nach vorne und hinten, von einer Verzückung in die nächste. Manchmal bekam ich einen Ellenbogen in die Rippen gerammt: meine ersten Liebesschmerzen. Es war toll.

Als wir uns daranmachten, die überdimensionierte Rübe für unser Stück zu basteln, kam mir der Gedanke, wie eigenartig es war, dass wir mit einer Papprübe ein paar Menschen auf dieser Welt satt machen konnten und dabei noch Spaß hatten. Sollte sich die Ernsthaftigkeit tatsächlich mit der Heiterkeit vertragen? Ich beschloss, dieses Problem und die Katze im Auge zu behalten. Sie gefiel mir wesentlich besser als die Großmutter.

Bei der Gala selbst blamierten wir uns zu Tode. Der Bauer, der so tun sollte, als würde er mit aller Kraft an der selbstgebastelten Riesenrübe ziehen, verlor vorzeitig die Balance. Die Rübe war geerntet, noch bevor ich mich mit den Proletarierinnen aller Länder vereinigen konnte.

Die Geschichte des Staubkorns

Sigmund Jähn war eine ostdeutsche Legende. Der erste Deutsche im Weltraum war ein Ossi. Zwar hatten wir im Osten jede Menge Hundertmeterläufer, Diskuswerfer und Schwimmerinnen zu Olympiasiegern und Weltmeistern gedopt, aber es gab nur einen Ossi, der die Erde mit eigenen Augen so gesehen hatte, wie sie am schönsten ist. Eine Erde ohne Grenzen, die nur aus dem tiefen Blau der Ozeane, den um die gesamte Erdkugel gespannten weißen Wolkenfetzen und den braun und grün gefärbten Kontinenten besteht.

Ich habe oft gedacht, dass vieles im Zusammenleben leichter würde, wenn jeder Mensch die Gelegenheit hätte, die Erde einmal vom Weltraum aus zu sehen. Weil dann jeder endlich das große Ganze sehen könnte, weil jeder sehen könnte, dass wir alle etwas gemeinsam haben, das uns verbindet und auf das wir gemeinsam aufpassen müssen. Denn vom Weltraum aus betrachtet, ist die Erde nicht nur außergewöhnlich schön, sondern auch außergewöhnlich verletzlich und klein.

Sigmund Jähn hatte die Erde so gesehen. Und nun sollte er an unsere Schule kommen, um von seinem Ausflug ins Weltall zu erzählen. Ich freute mich. Nicht nur weil die vierte Stunde, das Werken, ausfallen sollte und die Geschichten aus dem Weltall sicherlich spannender waren als das Herumsägen an einem Etwas, das einmal ein Schlüsselbrett werden sollte, sondern auch, weil ich gespannt war, ob man es ihm ansehen konnte, dass Sigmund Jähn im Weltraum gewesen war. An seinen Augen, seiner Ausstrahlung, irgendwie halt.

In der dritten Stunde galt es allerdings noch den Mathematikunterricht hinter sich zu bringen. Der Kampf gegen die Zahlen war für mich wie immer schwierig. Während ich mich gerade wieder damit abmühte, ohne Zuhilfenahme meiner Finger zu rechnen, ertönte plötzlich ein Jubeln und Klatschen. Ich saß direkt am Fenster und blickte hinaus. Sigmund Jähn schlenderte in aller Seelenruhe über den Schulhof auf den Haupteingang zu. Er trug eine schicke Uniform und lachte fröhlich, während das Klatschen und Jubeln immer lauter wurde. Gerade wollten ich und die anderen in der Klasse auch aufspringen, als unser Mathematiklehrer uns sehr bestimmt aufforderte, sitzen zu bleiben. Er sagte: »Wenn ich in die Schule komme, dann jubelt doch auch keiner.«

Ich war schockiert. Klar, unser Mathelehrer war ein guter Lehrer, und ich war mir ziemlich sicher, dass man ihn nicht dafür zur Rechenschaft ziehen konnte, dass es keine einfachen und normalen Wege zu geben schien, um eine dieser vertrackten mathematischen Gleichungen zu lösen, und höchstwahrscheinlich war er auch nicht persönlich dafür verantwortlich, dass mir die ellenlangen Formeln mit lauter Zahlen, Strichen und Zeichen manchmal vorkamen wie Hieroglyphen, die einer aus einer ägyptischen Pyramide ausgegraben hatte. Aber wir redeten hier über Sigmund Jähn! Über *den* Sigmund Jähn, einen echten Helden. Warum wollte unser Lehrer nicht, dass wir ihn so empfingen wie alle anderen Kinder?

In der Turnhalle drängten sich später Hunderte Menschen. Und Sigmund Jähn erzählte, wie man Kosmonaut wird.

Ich fragte, wie man denn im Weltraum auf Toilette gehen könne, wo doch alles schwerelos sei. Sigmund Jähn lachte wieder sein freundliches Lachen und sagte, dass das in der Tat eine recht komplizierte Angelegenheit sei. Dann erklärte er die Funktionsweise einer Vakuumtoilette und dass das ganze Zeug dann in der Erdumlaufbahn schwebt, bis es schließlich beim Eintritt in die Erdatmosphäre verglüht. »Wenn ihr also mal ein Staubkorn ins Auge bekommt«, sagte er, »dann könnte das von einem Raumschiff sein.«

Ich weiß nicht, ob die anderen sich ekelten bei dem Gedanken, dass eines der vielen Staubkörner, das sie sich irgendwann einmal aus den Augen gerieben hatten, möglicherweise direkt aus dem Hintern unseres Idols Sigmund Jähn stammte. Oder ob sie sich nur wie ich darüber wunderten, dass Sigmund Jähn mit einem Mal sehr normal und so gar nicht heldenhaft oder übermenschlich wirkte.

Eigentlich hatte mein Mathelehrer vorhin recht gehabt. Wenn man sich Sigmund Jähn so auf seiner Vakuumtoilette vorstellte, dann war er nichts weiter als jemand, der, anstatt Müllwagenfahrer, Tischler oder Schreiner zu werden, eben Raumfahrer geworden war. Als er in den Weltraum flog, hatte er nichts anderes getan, als seinen Beruf ordentlich zu erledigen. So wie auch mein Mathematiklehrer seinen Beruf jeden Tag ordentlich erledigte. Warum also sollte man dem einen zujubeln, wenn er seinen Beruf ordentlich machte, und dem anderen nicht? In den Gesetzen der Jungpioniere stand es doch Schwarz auf Weiß: »Wir achten alle arbeitenden Menschen.« An jenem Nachmittag begriff ich, warum das richtig war.

Vielleicht wäre Sigmund Jähn niemals so ein guter Raumfahrer geworden, wenn er nicht einen guten Mathematiklehrer gehabt hätte.

Die Qual mit der Wahl

Der Gruppenrat war eine Institution. Jede Klasse hatte einen. Zu den Aufgaben des Gruppenrats gehörte es, die Pioniernachmittage zu organisieren, das Pioniertagebuch zu führen, die Gestaltung der Wandzeitung zu übernehmen und die monatlichen Mitgliedsbeiträge der Pioniere einzusammeln. In den Gruppenrat gewählt zu werden war gut, Gruppenratsvorsitzender zu werden war besser. Es war das erste wichtige politische Amt, das man als Junger Pionier bekleiden konnte. Von dort aus führte die politische Karriere beinahe zwangsläufig in die nächsthöhere Position: Mitglied des Freundschaftsrats.

Der Freundschaftsrat kümmerte sich um die Belange der Pioniere der gesamten Schule. Er organisierte zum Beispiel Veranstaltungen zum Tag des Lehrers, zum Tag der Nationalen Volksarmee, zum Tag des Metallarbeiters, zum Tag des Chemiearbeiters, zum Tag der Werktätigen der Wasserwirtschaft, zum Tag der Deutschen Volkspolizei, zum Tag der Republik, zum Tag des Gesundheitswesens, zum Tag der Grenztruppen, zum Tag des Bergmanns und des Energiearbeiters, zum Tag der Genossenschaftsbauern und Arbeiter der sozialistischen Land- und Forstwirtschaft, zum Tag der Zivilverteidigung, zum Tag der Jugendbrigaden, zum Tag der Jungen Naturforscher und Techniker, zum Internationalen Frauentag, zum Tag des Bauarbeiters, zum Tag der Befreiung und des Sieges der Völker der Sowjetunion über den Hitlerfaschismus, zum Internationalen Tag des Kindes, zum

Weltfriedenstag, zum Tag der Werktätigen des Post- und Fernmeldewesens und zum Tag der Mitarbeiter des Handels. Außerdem organisierte der Freundschaftsrat den Putzdienst an der Schule.

Reihum musste jede Klasse eine Woche lang die Mülleimer leeren, die Pflanzen auf dem Schulhof gießen und – obwohl es die Pioniere eigentlich besser wissen sollten – die weggeschmissenen Pausenbrotpapiere einsammeln. Ich gab mir große Mühe dabei, auch wenn das manchmal ganz schön eklig war, zum Beispiel wenn in den Mülleimern schon der eine oder andere Apfel vergammelt war. Aber wenn eine Klasse den Schulhof nicht ordentlich saubergemacht hatte, dann konnte das auf einem Appell vor der ganzen Schule verkündet werden. Und das war vielleicht peinlich. Zwar wurde dabei die ganze Klasse angemahnt, aber für mich wäre so eine Meldung dasselbe gewesen, als ob sich die Direktorin hinstellen und der ganzen Schule verraten würde, dass ich seit zwei Tagen dieselbe Unterwäsche trage und gestern abend meine Zähne nicht geputzt hätte. Das konnte zwar durchaus schon mal vorkommen. Aber vor der ganzen Schule will man das einfach nicht erzählt haben.

Was ich hingegen wollte, war Gruppenratsvorsitzender werden. Denn für einen Jungen Pionier war es nicht nur wichtig, gute Noten nach Hause zu bringen, sondern auch das außerschulische gesellschaftliche Engagement zählte sehr viel und wurde sogar extra im Zeugnis vermerkt. Meine Mutter hatte mir erklärt, warum das so gemacht wurde. Ein kluger Pionier war nämlich noch lange kein guter Pionier. Wenn er schneller rechnen oder besser buchstabieren konnte als die anderen, war er zwar gut in der Schule, aber noch lange kein guter Mensch. Das wurde man erst, wenn man anfing, sich für andere einzusetzen. Zum Beispiel im Gruppenrat. Und am besten, dachte ich, als Vorsitzender.

In Heimatkunde und Deutsch glänzte ich schon, jetzt wollte ich auch auf dem Gebiet des außerschulischen Engagements Punkte sammeln. Zumal ich im Mathematikunterricht gar nicht und in Deutsch nicht ganz so glänzte, wie ich mir das eigentlich vorgestellt hatte. Ich konnte mir zwar jeden Buchstaben sofort merken und wiedererkennen, aber wenn es darum ging, die Buchstaben in mein Schönschriftheft einzutragen, versagte ich kläglich. Ich krakelte. Sosehr ich mich auch bemühte, meine Hände schienen nicht dazu geschaffen, Rundungen und Striche zu zeichnen, alles, was sie fertigbrachten, waren Krakel.

Nachdem ich wieder einmal ein K geschrieben hatte, das wie ein Galgen aussah, an dem man nur noch jemanden aufzuhängen brauchte, dachte ich darüber nach, wie um alles in der Welt man es am geschicktesten anstellte, Gruppenratsvorsitzender zu werden. Das Wort »Wahlkampf« kannte ich sowenig wie siebzehn Millionen anderer Ossis, geschweige denn, dass ich eine Ahnung gehabt hätte, was damit gemeint sein könnte. Und doch würde ja bald eine Wahl stattfinden, und einer musste Gruppenratsvorsitzender werden. Am besten ich.

Aber wie? Die Frage beschäftigte mich den ganzen Tag, auch beim Putzdienst auf dem Schulhof. Ich ärgerte mich, denn ich musste bestimmt zehn Bonbonpapiere einsammeln, von denen ich ganz genau wusste, wo sie herkamen: Melanie hatte die Bonbons in der Klasse verteilt. Westbonbons. Eingewickelt in goldglänzendes Papier. Sogar Ricardo, mein bester Freund seit den gemeinsamen Kindergartentagen, hatte einen genommen und mir eine Pause lang vorgeschwärmt, wie sahnig und süß der Bonbon sei. Ich hatte keinen probiert. Schlimm genug, dass die anderen sich alle mit Melanies Westbonbons vollgestopft hatten, aber das Papier dann auch noch auf den Schulhof zu schmeißen, das gehörte sich nicht für einen Pionier.

*

Am Tag der Wahl trugen alle ihre blauen Halstücher und die schneeweißen Pionierblusen. Nach der letzten Stunde saßen wir gespannt im Klassenzimmer und warteten, was jetzt geschehen sollte. Als erstes erklärte die Lehrerin, dass wir nun den Gruppenrat wählen würden. Das sei ein sehr wichtiges Amt, Auszeichnung und Verpflichtung zugleich. Deshalb kämen dafür nur die besten Schüler in Frage. Mir fiel ein Stein vom Herzen. Wenn ich das gleich gewusst hätte. Ich hatte doch in jedem Fach nur Einsen. Na ja, außer fürs Schönschreiben in Deutsch. Und außer im Rechnen. Aber eine kleine Schwäche hatte ja wohl jeder. Ich war so gut wie gewählt.

»Als Kandidaten«, sagte die Lehrerin, »schlage ich Enrico, Melanie, Daniel, Ivonne und Silke vor.« Ja, was war das denn? Ich war erschüttert. So viele? Und wieso ausgerechnet die anderen? Silke hatte zwar auch lauter Einsen, aber sie war so schüchtern, dass sie ihre Pioniernachmittage wohl nur schweigend verbringen würde. Damit Silke sich traute, jemandem zu sagen, dass er gefälligst seine Westbonbonpapiere nicht auf den Schulhof schmeißen sollte, bräuchte es einen eigens für sie ausgearbeiteten Fünfjahrplan. Über Melanie brauchte man gar nicht erst nachzudenken. Jemand, der Westbonbons auf dem Schulhof verteilte, eignete sich ja wohl kaum als Gruppenratsvorsitzender. Und Ivonne war nichts weiter als Melanies beste Freundin. Wenn die nicht immer von der Melanie abschreiben würde, hätte sie überhaupt keine so guten Noten. Und dann noch Enrico. Über Enrico ließ sich eigentlich nichts Schlechtes sagen. Aber das war mir egal.

»So, und jetzt werden wir wählen. Jeder von euch darf sich nur einmal melden. Wer möchte denn, dass Silke unsere Gruppenratsvorsitzende wird?« Alle guckten sich an, aber kein Arm ging hoch. Niemand traute sich. Arme Silke. Ich wusste ganz genau, wenn ich der erste gewesen wäre, hätte ich wohl auch keine Stimme abgekriegt. Es war unsere erste wichtige Wahl, und alle waren noch ein bisschen unsicher und nervös. Dann fragte die Lehrerin, wer für Enrico sei. Da ich es doof fand, mich selber zu wählen und Melanie und Ivonne völlig aus dem Rahmen fielen, meldete ich mich sofort. Enrico schaute dankbar in meine Richtung. Und tatsächlich, außer meinem Arm gingen, wenn auch zögerlich, noch vier weitere nach oben. Langsam wählte sich die Klasse warm. Und ich war mir sicher, wenigstens zwei Stimmen zu bekommen. Die vom dankbaren Enrico und die von meinem besten Freund Ricardo.

Nachdem die Lehrerin meinen Namen aufgerufen hatte, sah ich mich gespannt um, wer noch für mich stimmen würde außer den beiden. Genau wie bei Enrico streckten sich fünf Arme in die Luft. Aber Ricardos Arm war nicht dabei. Ich verstand die Welt nicht mehr. Sollte Ricardo etwa für Melanie stimmen? Damit er von ihr auch in Zukunft Bonbons bekam? Hier bahnte sich großes Unheil an.

Als für Melanie gestimmt werden sollte, schnellten gleich vierzehn Arme in die Höhe. Nein, sogar fünfzehn, denn

Benjamin hatte einfach beide Arme gehoben. Woraufhin er höflich, aber bestimmt von unserer Lehrerin ermahnt wurde, solche Späße zu lassen. Die Wahl zum Gruppenratsvorsitzenden sei eine sehr ernste Angelegenheit. So sah ich das auch. Und nur weil Melanie an alle in der Klasse diese Westbonbons verteilt hatte, konnte sie doch jetzt nicht einfach Gruppenratsvorsitzende werden. Das hieße ja, dass man sich die Position erkaufen kann?!

Dass Ivonne die restlichen beiden Stimmen abräumte, nahm ich kaum noch wahr. Ich war außer mir. Hier und heute war die Demokratie zu Grabe getragen worden. Und das in einer Republik, die das Wort »demokratisch« sogar im Namen trug. Niemand schien sich daran zu stören. Ich kochte vor Wut, dass es Melanie gelungen war, mit ihren Bonbons sogar Ricardo zum Freundesverrat zu verleiten.

Mülltonnen-Johnny

Der Wohnblock, in dem ich lebte, sah aus wie tausend anderer Plattenbauten, und doch hatte er etwas Besonderes: Im Hof, der sich zwischen unserem und dem angrenzenden Plattenbau ergab, war ein kleiner Park. Wenn man eine Diagonale durch den rechteckigen Hof zog, bildete sie genau die Grenze zwischen dem kleinen Park und dem Rest des Areals.

In dem winzigen Park gab es Bäume, die sogar über das fünfte und letzte Stockwerk unseres Wohnblocks hinausragten. Die andere Hälfte des Hofs bestand aus Grünflächen, zwei Sandkästen mit einem Klettergerüst und dem Platz für die Mülltonnen, dem Reich von Mülltonnen-Johnny. Die Mülltonnen, die dort standen, waren große Container auf Rollen, deren Fassungsvermögen an der Zahl der Bewohner dieser Plattenbauten ausgerichtet war.

Mülltonnen-Johnny war ein alter Mann, der sein Gesicht immer unter einer Schiebermütze verbarg. Ob er wirklich Johnny hieß, wusste keiner von uns. Irgendwann hatte ihn jemand mal so genannt. Der Name passte zu ihm. Mülltonnen-Johnny musste Rentner sein, denn er hatte viel Zeit. Zeit, die er vor allem damit verbrachte, die kleinen Vorgärten an seinem Hauseingang zu pflegen, die Grünflächen am hinteren Hauseingang in Ordnung zu halten und die Mülltonnen, die sich vielleicht fünfzehn Schritte entfernt befanden, sauberzumachen.

Oft sahen wir ihn bei den Mülltonnen stehen, wo er den Abfall aufsammelte, der entweder achtlos dort hingeworfen worden oder beim Leeren des Mülleimers danebengefallen war. Manchmal stand er auch einfach nur stundenlang bei den Mülltonnen und schaute zu, wie die Leute ihren Müll zur Tonne brachten. Wenn er bei den Mülltonnen stand, warf niemand etwas daneben. Von uns Jungs konnte sich niemand vorstellen, warum er das machte.

Vor einem Jahr hatte Haus Nummer 183, in dem Mülltonnen-Johnny lebte, eine Goldene Hausnummer bekommen, weil bei ihnen alles immer so picobello gewesen war. Die Goldene Hausnummer wurde an vorbildliche sozialistische Hausgemeinschaften in der ganzen Stadt vergeben, und Mülltonnen-Johnny hatte sie für seinen Aufgang fast im Alleingang geholt. Eigentlich brauchte er sich jetzt nicht mehr so ins Zeug legen, nachdem er diese Auszeichnung schon bekommen hatte.

Ein bisschen neidisch war ich aber doch, wenn ich die goldschimmernden Lettern der 183 sah, während zwei Aufgänge weiter die 189, meine Hausnummer, nur mit schwarzer Farbe an die Wand gepinselt war.

*

Mülltonnen-Johnny war kein Hausmeister. Soviel wusste Silvio, der im selben Haus wie Mülltonnen-Johnny wohnte und immer mächtig mit der Goldenen Hausnummer angab. Von der Angst, die er jedesmal hatte, wenn er an Mülltonnen-Johnnys Stockwerk vorbeimusste, erzählte er nie. Wir hatten alle Angst vor ihm. Denn Mülltonnen-Johnny war unheimlich.

Immer wenn ich mit meinem Mülleimer zu den Tonnen kam und Mülltonnen-Johnny plötzlich wie aus dem Nichts auftauchte, fuhr mir ein irrsinniger Schreck in die Glieder. Ich versuchte, einfach nicht in seine Richtung zu gucken, und spürte doch die ganze Zeit seinen Blick im Rücken, während ich meinen Eimer leerte. Wenn Mülltonnen-Johnny mich so anschaute, war das, als ob er alles über mich wusste. Und was er noch nicht wusste, bekam er gerade heraus. Es war ein Blick, bei dem man sich vollkommen nackt fühlte.

Nie sagte er etwas. Das einzige, was wir je von ihm gehört hatten, war das Fluchen und Meckern, wenn er die Mülltonnen mal wieder schmutzig vorfand. Wenn man jedoch zu den Mülltonnen kam, verstummte er und schaute einen mit diesem alles durchdringenden Blick an. Deshalb war uns Mülltonnen-Johnny unheimlich.

Es gab da aber noch etwas, was uns an Mülltonnen-Johnny störte. Wir waren Kinder, und für Kinder waren die Mülltonnen ein prima Spielplatz. Es gab dort jeden Tag etwas Neues zu entdecken. Die Leute warfen Dinge weg, die in unseren Augen echte Schätze waren. Dass man, um diese Schätze zu heben, manchmal tief im Dreck wühlen musste, störte uns nicht. Natürlich landete dabei auch die eine oder andere weggeschmissene Sache neben der Mülltonne, wenn wir eine darunterliegende Kostbarkeit bergen wollten. Mehr als einmal waren wohl wir daran schuld, dass Mülltonnen-Johnny den Platz mehr oder weniger verwüstet vorfand und ihn aufräumen musste.

Unsere Expedition ins Mülltonnenreich musste akribisch geplant und abgesichert werden, denn wenn uns Mülltonnen-Johnny auf frischer Tat ertappen sollte, wären wir geliefert, soviel stand fest. Einer musste daher immer Schmiere stehen, während die anderen in die Tonnen kletterten. So auch an dem Tag, als Ricardo und ich uns wieder mal auf und in die

Tonnen stürzten, um zu sehen, was es Neues zu entdecken gab, während Silvio die Augen offenhalten und uns warnen sollte, sobald Gefahr in Verzug, sprich Mülltonnen-Johnny im Anmarsch war.

Gerade hatte ich in meiner Tonne eine gut erhaltene Nachttischlampe entdeckt und angefangen, sie unter dem Bretterstapel hervorzuzerren, unter dem sie begraben war, als sich ein riesiger Schatten auf mich legte. Es war, als würde sich die Sonne verfinstern. Ich schaute auf und sah Mülltonnen-Johnny, der Silvio am Arm gepackt hatte. Silvio brachte vor Schreck keinen Ton heraus und zappelte wie ein Fisch an der Angel. Erfolglos versuchte er sich loszureißen. Er hatte keine Chance.

Wie vom Blitz getroffen, sprang ich aus der Tonne und jagte an Mülltonnen-Johnny und Silvio vorbei. Johnny schnappte nach mir, bekam mich aber nicht zu fassen. Silvio konnte die kurze Unachtsamkeit von Mülltonnen-Johnny nutzen und sich aus der eisernen Umklammerung befreien. Wir rannten um unser Leben, und nach einer kurzen Strecke warf ich einen Blick zurück, um zu sehen, ob Mülltonnen-Johnny uns folgte. In diesem Moment rief Ricardo fröhlich: »Hey, schaut doch mal, was ich gefunden habe!«

Ricardo hatte noch gar nicht mitbekommen, was los war. Erst tauchte sein Kopf aus der Mülltonne auf, dann seine Hand, in der er eine rote Gummiwärmflasche schwenkte. Der Triumph über den gefundenen Schatz wich jähem Entsetzen, als er Mülltonnen-Johnny sah. Der packte ihn und holte ihn aus der Tonne.

Ich war wie gelähmt. Mülltonnen-Johnny hatte Ricardo gefangen. Gleich würde er ihm die Arme abreißen. Einfach so. Mülltonnen-Johnny schaute in Ricardos angstvolles Gesicht, er schaute zu uns herüber, und dann sagte er: »Kommt doch mal her.«

Anscheinend wollte er mit uns über die Auslieferung seines Gefangenen verhandeln. Ein erster Schritt in die richtige Richtung, wie ich fand. Das Problem war nur, wir hatten nichts, um Ricardo freizukaufen. Mülltonnen-Johnny hielt im wahrsten Sinn des Wortes alle Trümpfe in der Hand. Mein einziger Trost war die Tatsache, dass wir zu dritt waren und Mülltonnen-Johnny nur zwei Arme hatte. Er konnte uns also nicht alle drei auf einmal festhalten. Vielleicht konnten wir uns das zunutze machen.

Ich drehte mich zu Silvio um, um ihm zu bedeuten, dass wir erst einmal tun würden, was Mülltonnen-Johnny von uns verlangte. Aber Silvio war weg. Er war einfach weitergerannt und hockte vermutlich schon auf seinem Zimmer. Meine taktischen Überlegungen waren komplett über den Haufen geworfen.

Ich ging trotzdem zu den beiden. Einen Meter vor Mülltonnen-Johnny blieb ich stehen. Sicher war sicher. Mülltonnen-Johnny schaute mich an. Zum ersten Mal sah ich ihm direkt ins Gesicht. Es war voller Falten, rot, mit kleinen funkelnden Augen. Ich erwartete, dass er jetzt lospoltern würde, aber er ließ Ricardos Arm los, nahm seine Mütze ab und strich sich mit der Hand über den Kopf. Er schaute noch einmal abwechselnd zu Ricardo und mir. »Kommt mal mit«, sagte er und ging in Richtung unseres kleinen Parks. Hielt er uns für blöd? Wir hatten gerade auf wundersame Weise unsere Freiheit wiedergewonnen. Da würden wir ihm niemals in den Park folgen, wo niemand uns sah und er uns in Ruhe vertrimmen konnte. Nicht mit uns.

Wenig später standen wir mit Mülltonnen-Johnny an

einem Gebüsch und schauten auf eine Familie von Igeln. »Habt ihr gewusst, dass die Igel schon seit über einem Jahr hier leben?« Ich stand sprachlos da mit offenem Mund. Ricardo zupfte sich am Ohrläppchen. »Ihr solltet lieber öfter hier im Park spielen als in den Mülltonnen.« Rund und stachelig waren die Igel, mit kleinen Knopfaugen und der spitzen Nase, die ab und an unter den Stacheln hervorlugte. Mülltonnen-Johnny schickte sich an zu gehen. »Wenn ihr die Igel euren Freunden zeigt, dann seid nicht so laut. Die Igel erschrecken sich sonst und haben Angst.« Damit ließ er uns allein.

Ich starrte noch immer gebannt auf die Igel, als ich Ricardo neben mir rufen hörte: »Danke, Herr Peschel.« Mülltonnen-Johnny dreht sich noch mal um, winkte und rief: »Ach, ihr könnt mich ruhig Mülltonnen-Johnny nennen.« Und dann geschah etwas Unglaubliches: Mülltonnen-Johnny begann zu lachen. Er lachte, bis sein Gesicht ganz rot war. Dann winkte er uns noch einmal zu und ging.

Die Igel waren die Sensation. Natürlich führten wir sie sofort allen vor – mit der strengen Auflage, sich ordentlich zu benehmen und leise zu sein. So wie Mülltonnen-Johnny es uns gesagt hatte. Ricardo und ich waren jetzt schließlich für die Igel verantwortlich. Als Sebastian einmal versuchte, einen der Igel mit einem Stock umzudrehen, bekam er von Ricardo sofort einen Knuff zwischen die Rippen.

Wir spielten nach wie vor in den Mülltonnen, aber wir schmissen die Sachen nicht mehr einfach so durch die Gegend. Denn so, wie wir jetzt für unsere Igel verantwortlich waren, fühlte sich Herr Peschel anscheinend für die Mülltonnen verantwortlich. Wer auch immer ihm diese Aufgabe übergeben hatte.

Der Streik

Das einzige, was im Osten regelmäßig streikte, waren Trabimotoren. Streiken als Arbeitskampf machte schließlich keinen Sinn. Man verbummelte sowieso genug Zeit beim Warten auf Zulieferungen anderer Betriebe, die wiederum auf die Zulieferungen anderer Betriebe warteten, die wieder selber ... Außerdem hätten sich die Arbeiter als Besitzer des Volkseigentums und als regierende Arbeiter- und Bauernmacht quasi selbst bestreikt. Das funktioniert genausowenig, wie wenn Abgeordnete selbst über die Höhe ihrer Diäten entscheiden. Es riecht immer ein bisschen nach Schummelei.

Ein streikender Trabimotor war übrigens kein wirkliches Problem. Seine freigelegten Motorinnereien entsprachen ja weitgehend dem ursprünglichen und einfachsten Bauplan aller Autoantriebe: dem Zweitakt-Ottomotor. Ein paar Kabel, hier ein Zylinder, da ein Vergaser. Es gab nicht viel, was kaputtgehen konnte, und folglich wenig, was zu reparieren war.

Meinen ersten und einzigen Streik erlebte ich im Schulhort. Es war in der Vorweihnachtszeit. Seit gut einem Monat war ich nun schon in der vierten Klasse. Meine Klassenkameraden und ich fühlten, wie wir mit jedem Tag mehr zum Mann wurden, und gebärdeten uns entsprechend. Wir wollten den ganzen Tag nur Fußball spielen.

Der Tag im Hort war immer ein großer Spaß. Nachdem alle Jungs die Hausaufgaben voneinander abgeschrieben hatten, bauten wir aus den Schaumstoffkissen der Leseecke

Höhlen. Wir konstruierten sogar einen »Dark Room«, auch wenn er natürlich nicht so hieß. Aber die Mädchen zierten sich, zu uns ins dunkle Eck zu kommen, und waren daher noch keine echte Alternative zum Fußball.

An jenem denkwürdigen Hortnachmittag wollten wir wieder einmal zum Spielen auf den Hof. Aber wir durften nicht raus, und als Begründung sagte die Hortnerin, dass es zu kalt sei. In Wahrheit, wir waren uns da ganz sicher, hatte sie bloß keine Lust, auf uns aufzupassen. Wir maulten eine Weile ohne Erfolg herum, bis jemand auf die Idee mit dem Streik kam.

Wir rotteten uns also zusammen und schrieben Transparente, mit denen wir durch den Hort zogen. Auf einem der Plakate stand ganz unmissverständlich: »Wir streiken!« Wir ahnten nicht, dass wir damit eine unerhörte Frevelei begingen. Streiken bedeutet schließlich, eigene Interessen zu haben und sich abzugrenzen. In der klassenlosen Friede-Freude-Eierkuchen-Gemeinschaft des Ostens machte man so etwas nicht.

Wir aber verweigerten uns, wir fügten uns nicht klaglos den Anweisungen der Hortnerin. Von diesem Tag an sollte der Hort nicht mehr der sein, der er war. Wir kämpften für Freiheit und Selbstbestimmung, wir kämpften für den Fußball. Auf einem unserer Plakate stand: »Wir wollen raus!« Wir rüttelten an den Grundfesten eines Systems, das uns mit Mauern umgab. Auch wenn es nur die Wände unserer Horträume waren.

Die Hortnerin erkannte die Gefahr sofort und handelte. Eile war geboten, unsere professionelle Streikkultur konnte ja nur aus dem Westfernsehen abgeschaut sein. Ich weiß bis heute nicht, wie sie es gemacht hat, aber eine Stunde nach

Streikbeginn saßen zehn Jungen, die gerade dabei waren, Männer zu werden, beieinander und bestickten Deckchen für ihre Mütter. Als Geschenk. Es war schließlich Vorweihnachtszeit.

Was genau war mit unserem Streik eigentlich schiefgelaufen? Hier ein bisschen die Kabel geraderücken, da kurz den Vergaser durchpusten – sollte die menschliche Psyche etwa nicht komplizierter aufgebaut sein als ein Trabimotor? Und woher hatte unsere Hortnerin den Konstruktionsplan?

Bei einem Kreuzstich pikte ich mich in den Finger. Autsch!

Der Tintenkiller

Einige Schüler aus meiner Klasse besaßen einen unglaublichen Schatz: einen Tintenkiller. Keine Ahnung, woher sie die Dinger hatten. Vielleicht von der Oma, die in den Westen reisen durfte, oder aus einem Paket von Westverwandten. Vielleicht auch aus Ungarn, Polen oder der ČSSR, wo es sehr viel mehr Westwaren zu kaufen gab als in der DDR.

Meine Omas fuhren nicht in den Westen. Ich hatte keine Verwandten drüben. Und im Urlaub gondelten meine Eltern mit mir nicht nach Ungarn, Polen oder in die ČSSR, sondern immer nur zu meiner Oma nach Mecklenburg. Ich hatte also keinen Zugang zu Westwaren. Dafür hatte ich eine schlimme Krakelschrift und einen Füllfederhalter, der ähnlich gut funktionierte wie ein Gänsekiel. Nach jeder Stunde sahen meine Hände aus, als hätte ich sie in einem Tintenfass gebadet. Wie oft führte ich eine Hand gedankenverloren zum Mund, um nachzudenken, und verschmierte mir dabei die Lippen mit Tinte. Wer weiß, welche glorreichen Ideen ich ersonnen hätte, wenn ich nicht immer wieder vom sauren Geschmack der Tinte auf meinen Fingern aus meinen Gedanken gerissen worden wäre.

Tintenkiller waren wie Zauberstäbe für mich. Erstens waren sie bunt, zweitens rochen sie toll, wenn man die Tinte mit ihnen wegkillerte, und drittens funktionierten sie einfach großartig. Der Makel, dass sie aus dem Westen kamen, verschwand für mich hinter all diesen Vorteilen genauso schnell wie die Tinte auf dem Papier.

Selbstverständlich wurden die West-Tintenkiller an der Schule nicht geduldet. Wenn die Lehrerin jemanden damit erwischte, knöpfte sie ihm den Tintenkiller ab und nahm ihn unter Verschluss. Wann man den Stift zurückbekam, hing davon ab, wie gut sie einen Schüler leiden konnte. Einige bekamen ihren Tintenkiller gleich nach der Stunde zurück, andere mussten mehrere Wochen oder sogar bis zum Ende des Schuljahrs warten. Luxusprobleme.

Jedesmal, wenn ich mich wieder verschrieben oder einen Klecks in mein Heft gemacht hatte, fluchte ich und sehnte einen Tintenkiller herbei. Und ich verschrieb mich oft. Ich verstand nicht, warum es keine Ost-Tintenkiller gab. Wie ein Einbeiniger eine Prothese und ein Dürstender Wasser brauchte, so brauchte ein Krakelnder wie ich einen Tintenkiller. Das lag auf der Hand. Doch woher sollte ich einen bekommen?

Die Lage schien aussichtslos, und so fristete ich mein Dasein ohne den dringend benötigten Schatz und hantierte statt dessen so gut es eben ging mit Löschpapier. Bis ich eines Tages in der Kaufhalle über die Lösung meines Problems stolperte.

Auf dem Einkaufszettel meiner Mutter stand neben Wurst, Käse, Brot und Margarine auch Waschpulver. Es dauerte eine Weile, bis ich die Regale mit der Florena-Creme, dem Fit-Geschirrspülmittel und dem Spee-Waschpulver fand. Noch nie zuvor war ich in dieser Abteilung der Kaufhalle gewesen. Ich war acht Jahre alt, und hier gab es nichts, was einen achtjährigen Jungen auch nur im geringsten interessierte. Im Gegenteil, hier gab es all die schrecklichen Sachen, mit denen ich mich auf Befehl meiner Mutter stundenlang waschen musste.

Die Shampoo- und Seifenforscher im Osten interessierten sich nicht so sehr dafür, ob die verwendeten Substanzen pH-neutral waren, in den Augen brannten oder ob es beim Haarewaschen ein bisschen ziepte. Solange sich nur der Schmutz von der Haut und die Haut nicht von den Knochen löste, war alles in Ordnung. Entsprechend vorsichtig bewegte ich mich zwischen all diesen gefährlichen Substanzen. Als ich schließlich vor dem Spee-Waschpulver stand, das ich mitbringen sollte, entdeckte ich etwas, das mein Herz schneller schlagen ließ.

Direkt neben dem Spee standen viele kleine weiße Flaschen: Fleckentferner. Es gab einen Fleckentferner für Gras und einen für Rotwein, und gleich neben dem Fleckentferner für Blut stand einer für Tinte. Ich griff nach einer der Flaschen, öffnete sie und roch daran. Perfekt! Es roch nach Tintenkiller. Diese Flasche konnte die Lösung all meiner Klecks- und Verschreibprobleme in der Schule sein. Jetzt brauchte ich nur noch einen Stift, in den ich den Tintenfleckentferner einfüllen konnte.

»Nur noch«? Es musste ein Stift sein, der farblos war. Zwar hatte ich eine Menge Filzstifte zu Hause, aber die waren alle bunt. Logischerweise. Denn das Papier, auf dem ich malte, war weiß. Da machte es wenig Sinn, einen weißen Filzstift zu benutzen.

Es war wie verhext. Ich hatte den Eindruck, als wäre das Leben eine einzige lange Kette von Problemen. Ein weißer Filzstift. Da könnte ich ja gleich versuchen, einen Albino-Löwen zu fangen und mit meinem besten Freund Ricardo bei einer Zirkusrevue in Las Vegas ganz groß rauszukommen. Ein weißer Filzstift. Ich würde mir etwas einfallen lassen müssen. Improvisieren. Was nicht passte, musste passend gemacht werden. Sich in dieser Kunst zu üben war für einen Ossi lebensnotwendig, und ich bekam gerade meine erste Lektion darin.

Eine Stunde lang saß ich im Badezimmer und wusch die Farbe aus meinem gelben Filzstift. Gelb war die Farbe, die am nächsten an Weiß dran war. Wenn ich eine Chance hatte, dann die. Schließlich füllte ich ein wenig Tintenfleckentferner in den ehemals gelben Stift. Der Fleckentferner schien nicht nur bei Tinte zu wirken. Ein ordentlicher Schwall gelber Farbe floss noch einmal aus dem Stift. Nach einer weiteren halben Stunde Spülen unter dem Wasserhahn kam keine gelbe Farbe mehr aus dem Stift, nicht einmal dann, wenn ich ihn mit Fleckentferner auffüllte. Jetzt konnte ich meinem gefährlichsten Widersacher in der Schule zu Leibe rücken, der Tinte.

Ich nahm den Füller und ein Blatt. Als ich sah, wie sich die Tinte in Nichts auflöste, wenn ich mit meinem ehemaligen Filzstift darüber fuhr, weinte ich vor Glück. Ich hatte mir einen Tintenkiller gebaut!

»Tintenkiller«? Nein, ich war kein Killer. Auch wenn ich Tinte nicht leiden mochte, töten wollte ich sie nicht. Ein schönerer Name musste her. »Tintenkorrektor« vielleicht? Das klang so, wie unsere Direktorin immer redete. Nichts gegen die Direktorin, aber wenn sie redete, klang das immer so steif. »Tintenkorrektor« ging also auf gar keinen Fall. »Tinti«? Das klang zwar ganz und gar nicht steif, dafür aber in höchstem Maße unmännlich. »Tinti« ging auch nicht. Dann hatte ich es: »Tintenwegfix«. So wollte ich meinen Stift nennen. Mit einem wasserfesten schwarzen Filzmaler schrieb ich den Namen auf die gelbe Hülle.

Gleich am nächsten Tag probierte ich meinen Tintenwegfix in der Deutschstunde aus. Und in der Mathematikstunde. Und im Erdkundeunterricht. Kein Fleck in meinen Heften war mehr vor mir sicher, und meine Hände waren ebenfalls 1a sauber. Die Mühe hatte sich gelohnt.

Und dann stand eines Tages meine Klassenlehrein vor mir und sagte: »Bitte gib mir deinen Tintenkiller. Du weißt, dass Tintenkiller in der Schule verboten sind.« Stolz entgegnete ich: »Ja, ich weiß. Aber das ist kein Tintenkiller. Das ist ein Tintenwegfix. Ich habe ihn selbst gebaut.«

Meine Lehrerin lächelte und sagte: »Das ist schön, dass du das geschafft hast. Aber wir sind hier an der Schule, um zu lernen, wie man sauber und ordentlich schreibt, ohne die Schrift zu verschmieren. Und deswegen behalte ich deinen Tintenwegfix erst einmal. In der großen Pause kommst du bitte zu mir.«

Ich war fix und fertig. In gewisser Hinsicht hatte ich geglaubt, mit meinem Tintenwegfix nicht nur ein unerlässliches Mittel im Kampf gegen die Flecken in meinem Heft entwikkelt, sondern auch einen wichtigen Sieg im Kampf gegen die materiellen Verlockungen des Westens errungen zu haben. Ich hatte mich meinem tintenkillerlosen Schicksal nicht einfach ergeben, sondern, wie es sich für einen ordentlichen Pionier gehörte, mir Gedanken über das Problem gemacht und eine Lösung gefunden. Würde ich meinen Tintenwegfix auf der Messe der Meister von morgen ausstellen, wäre er bestimmt ein Riesenerfolg. Und nun kam meine Lehrerin und nahm ihn mir einfach weg. Für den Rest der Stunde war ich wie gelähmt. Aber leider nicht gelähmt genug, um meine Hände nicht wieder über und über mit Tinte zu beschmieren.

Anstatt in der großen Pause mit den anderen über den Hof

zu toben, musste ich also zu meiner Lehrerin. Eigentlich hatte sie ja recht. Es war wohl wirklich besser für mich, ordentlich schreiben zu lernen. Reumütig öffnete ich die Tür zum Klassenzimmer. Was ich sah, ließ mich erstarren. Meine Klassenlehrerin malte mit dem Tintenwegfix im Klassenbuch herum. Unglaublich. Ich räusperte mich leise, um sie auf mich aufmerksam zu machen, und fragte: »Entschuldigen Sie, kann ich meinen Tintenwegfix bitte wiederhaben, wenn Sie damit fertig sind?« Ich hatte noch nie jemanden so schnell so rot werden sehen.

An dem Tintenwegfix allerdings konnte ich mich nicht mehr so recht freuen.

Thälmannpioniere

Ich war Thälmannpionier geworden. Zwischen all den Appellen und Veranstaltungen war das nur ein Ereignis von vielen gewesen, um das wir kein großes Aufhebens machten. Mit einer gewissen Routine nahm ich das rote Halstuch entgegen. Ich war größer geworden, und das neue Halstuch war ein Zeichen dafür. Aber Routine hin oder her, bei den Thälmannpionieren war der Ton schärfer geworden. Ihre Gesetze lauteten so:

> Wir Thälmannpioniere
> … lieben unser sozialistisches Vaterland, die Deutsche Demokratische Republik.
> … tragen mit Stolz unser rotes Halstuch und halten es in Ehren.
> … lieben und achten unsere Eltern.
> … lieben und schützen den Frieden und hassen die Kriegstreiber.
> … sind Freunde der Sowjetunion und aller sozialistischen Brudervölker und halten Freundschaft mit allen Kindern der Welt.
> … lernen fleißig, sind ordentlich und diszipliniert.
> … lieben die Arbeit, achten jede Arbeit und alle arbeitenden Menschen.
> … lieben die Wahrheit, sind zuverlässig und einander freund.
> … machen uns mit der Technik vertraut, erforschen

die Naturgesetze und lernen die Schätze der Kultur kennen.
... halten unseren Körper sauber und gesund, treiben regelmäßig Sport und sind fröhlich.
... bereiten uns darauf vor, gute Mitglieder der Freien Deutschen Jugend zu werden.

Noch immer sollten wir also die DDR lieben, die aber mittlerweile den Zusatz »sozialistisches Vaterland« trug. Noch immer sollten wir unser Halstuch stolz tragen und unsere Eltern achten. Noch immer sollten wir den Frieden lieben. Aber das war nicht alles. Als Thälmannpioniere sollten wir nicht mehr nur lieben, wir sollten auch hassen. Und zwar die Kriegstreiber. War es uns als Jungpioniere noch geboten, Spaß am Singen und Tanzen zu haben, sollten wir uns nun mit den Naturgesetzen, mit der Technik und den Schätzen der Kultur vertraut machen. Bestand die Welt der Kinder früher vor allem aus den Kindern der Sowjetunion, wurde nun zwischen den Kindern der UdSSR und den Kindern der »sozialistischen Bruderländer« differenziert. Erst dann kamen die Kinder der restlichen Welt hinzu.

Diese Gesetze waren wie ein Bautrupp, der die in der Welt bestehenden Grenzen und Mauern langsam, aber stetig in meinem Kopf nachzubilden begann.

Fahnenappell

Meine größte Angst beim Fahnenappell war, dass ich mein weißes Pionierhemd und mein rotes Halstuch vergessen könnte. Wer nämlich keine Pionierkleidung anhatte, wurde in die letzte Reihe gestellt, und dort bekam man überhaupt nichts von dem mit, was beim Appell vor sich ging. Vor allem, wenn man zu den Kleinsten in der Klasse gehörte und ich gehörte nicht nur dazu, ich war der Kleinste.

Ansonsten mochte ich die Fahnenappelle in der Turnhalle sehr. Die Veranstaltung barg immer einige Momente in sich, die ich schlicht großartig fand. So wurden beispielsweise die Jung- und Thälmannpioniere mit dem flotten Gruß »Für Frieden und Sozialismus. Seid bereit!« begrüßt, woraufhin aus dreihundertfünfzig jungen Kehlen ein »Immer bereit!« zurückhallte. Was mich daran faszinierte, war die Tatsache, dass das »Immer bereit!« ein prima Indikator dafür war, wie es dem Pionierkollektiv stimmungsmäßig so ging. Mal kam es ziemlich lahm, mal recht zackig und laut, und vor den Ferien war es manchmal geradezu fröhlich.

Noch interessanter aber war die Begrüßung der FDJler, der Schüler ab der achten Klasse. Die wurden nämlich mit einem schlichten »Freundschaft!« zum Appell begrüßt und antworteten auch nur »Freundschaft!«. Die Art und Weise, wie sie das sagten, klang jedoch immer so, als würde jemand eine aufgerauchte Zigarette austreten. Die Jungs von der FDJ versuchten nämlich einen auf mächtig wichtig und erwachsen zu machen und holten ihr »Freundschaft!« von tief unten aus der Kehle. Es war faszinierend, dass Menschen wirklich ganze drei Sekunden brauchen konnten, um das Wort »Freundschaft« auszusprechen.

Während das Symbol der FDJ, die aufgehende Sonne, eigentlich für Dynamik und Aufbruch stand, machten die beim Appell anwesenden FDJler einen eher verpennten Eindruck und schienen ziemlich unglücklich darüber zu sein, dass die Sonne jeden Tag aufging und sie in die Schule mussten. Waren das erste Alterserscheinungen? Ich war mir nicht sicher. Ich hatte den leisen Verdacht, die taten nur so. Aber warum?

Ein noch schöneres Spektakel beim Fahnenappell war der Einmarsch der Fahnenträger. Drei Schüler trugen die rote Fahne der Thälmannpioniere, die Nationalflagge der DDR und die blaue FDJ-Fahne. Dazu wurde eine martialisch klingende Hymne von einem Tonband abgespielt, das ein recht zickiges Eigenleben führte. Mal jaulte es, mal ging es gar nicht an, und während die Erwartung von fünfhundert Anwesenden immer höher stieg, hallten die verzweifelten Versuche, den An-Knopf des Tonbands endlich einrasten zu lassen, durch die Turnhalle. Mit einem lauten Schnappen sprang der Knopf wieder raus.

Einer der Lehrer ließ sich sogar mal zu einem »Scheiße!« hinreißen, während er mit dem Tonband kämpfte. Leise zwar, aber doch deutlich. Dann endlich sprang die Kiste an, und zwar mit ohrenbetäubendem Lärm, denn die Lautstärkeregelung funktionierte auch nicht mehr und regulierte sich nach dem Glücksprinzip selbst. Mit anderen Worten: Dieses Tonband zu bedienen war ungefähr genauso schwer, wie einen Vulkan am Ausbruch zu hindern.

Klar, dass unter solchen Voraussetzungen der Einmarsch

der Fahnenträger zu einem wirklich feierlichen Akt geriet. Zumal die Klassenkameraden ihren Fahnenträger auch gerne mal mit einem leisen »Super, Moppel« oder »Weiter so, Andi!« moralisch unterstützten. Gerne wurde auch ein kunstvoller Hustenanfall inszeniert. Und das alles nur, um die Fahnenträger zum Lachen zu bringen. Wer als Fahnenträger nämlich lachte, der war weg vom Fenster. Dann gab's einen Anschiss vom Direktor und einen Brief an die Eltern, der daheim garantiert nicht für Freude sorgte. Das Tonband mochte jaulen, die Mitschüler zischen – Fahnenträger hatten ernst und bedeutungsvoll dreinzuschauen. Da biss die Maus keinen Faden ab.

Ich wollte vor allem deshalb unbedingt in der ersten Reihe stehen, um dieses Schauspiel nicht zu verpassen. Ich beobachtete jedes Zucken der Mundwinkel, jeden kleinen Fehltritt und war jedesmal fix und fertig, wenn die drei Fahnenträger heil vorne angekommen waren und sich mit ihren Fahnen neben der Direktorin aufgestellt hatten.

Einen Fahnenappell werde ich mein Leben lang nicht vergessen. Es war der Appell, an dem mein Freund Ricardo vor die gesamte Schule treten und sein Halstuch ablegen musste, weil er nicht mehr zu den Pionieren gehören durfte. Und das kam so.

Ricardo und ich waren wie viele andere auch in der Arbeitsgemeinschaft Tischtennis, die einmal in der Woche an unserer Schule stattfand. Seit ein, zwei Wochen gab es einen neuen Schüler an unserer Schule, Wong. Wong kam aus Vietnam. Er war klein, dick und verwöhnt und führte sich auf wie ein König. Er war aber kein König, sondern nur der achtjährige Sohn des vietnamesischen Botschafters.

Die Vietnamesen waren so etwas wie die Gastarbeiter des

Ostens. Als Gegenleistung für ihre Arbeit erhielten sie eine Ausbildung, die sie befähigen sollte, nach der Rückkehr in ihre Heimat dem Fortschritt in Vietnam auf die Beine zu helfen. Soweit der Plan. Dumm war nur, dass die Vietnamesen meistens alle auf einen Haufen zusammengepfercht in einer Wohnsiedlung lebten. Das hatte zur Folge, dass die Vietnamesen zwar in Scharen in der DDR vorhanden waren, aber irgendwie auch wieder nicht. Eine gesellschaftliche Integration fand jedenfalls nicht statt.

Was Wong anging, so schien er mit keiner Faser seines Körpers an einer Integration interessiert zu sein, obwohl er nicht in ein Wohnghetto gesperrt war. Wong ignorierte die Fragen der Lehrer und bohrte während des Unterrichts hingebungsvoll in der Nase. Die Ergebnisse seiner Ausgrabungen zeigte er voller Stolz umher. Wenn er doch einmal die Antwort auf eine Frage wusste, platzte er einfach damit raus, ohne dass ihn ein Lehrer aufgerufen hätte.

Wong war einfach unangenehm. Die meiste Zeit spielte er mit seinen Duftbleistiften. Wong hatte Sachen, die ich noch nie im Leben gesehen hatte, und die Duftbleistifte waren die abscheulichsten darunter. Ich hatte einmal an einem gerochen. »Das ist Apfel«, erklärte Wong. Ich hatte viele Äpfel in meinem Leben gegessen. Wenn Äpfel so riechen würden, wäre ich schon längst tot. Der Stift roch zwar ein wenig nach Apfel, aber da war noch etwas, was mich direkt im Bauch kitzelte und einen Würgereflex auslöste.

Kaum hatte Wong uns eine Woche lang tagsüber in der Schule gequält, entdeckte er die Tischtennis-AG für sich. Jetzt hatten wir die Plage auch noch nachmittags an der Backe. Wong konnte überhaupt nicht spielen, und was noch schlimmer war, er wollte gar nicht spielen, sondern schlug einfach mit voller Wucht gegen den Ball und freute sich, wenn er einen von uns am Kopf traf. So ging das über eine halbe Stunde lang, bis Ricardo der Kragen platzte und er Wong, nachdem der mal wieder eine Vorhand krachend und lachend ins Netz gesetzt hatte, anbrüllte: »Verpiss dich endlich, du Schlitzauge, und lass uns in Ruhe!«

Mit einem Mal war es ruhig in der Turnhalle. Ein Ball klickerte zu Boden. Wong schaute Ricardo an, und seine Augen verwandelten sich tatsächlich in zwei schmale Schlitze. Er war wütend. Extrem wütend. Dann drehte er sich einfach um und ging.

Erleichtert wandten wir uns wieder dem Spiel zu, und kurz darauf flogen die Bälle wieder über die Tischtennisplatten. Ich klopfte Ricardo auf die Schulter: »Wenn wir gewusst hätten, dass so ein Spruch reicht! Gott sei Dank, den sind wir los.« Waren wir nicht. Jedenfalls Ricardo nicht.

Zwei Tage später verkündete unser Klassenlehrer, dass am nächsten Tag ein Appell stattfinden würde und dass ja niemand seine Pionierkleidung vergessen solle. »Vor allem du nicht, Ricardo.« Komisch, dass er Ricardo gesondert ansprach. Und komisch, dass es überhaupt einen Appell gab. In der Sowjetunion war kein Staatspräsident gestorben, es hatte kein Sportfest stattgefunden, so dass irgend jemand zum »Stärksten Pionier« hätte gekürt werden können, und die Ferien waren leider auch noch sehr weit weg ... Aber was sollte es. Appell war Appell.

Am nächsten Tag standen wir alle aufgereiht in der Turnhalle. Das »Immer bereit!« der Pioniere klang erstaunlich vital, das »Freundschaft!« der FDJler noch matter als sonst, und das Tonband spielte nur mit halber Kraft, was die zackige Fahnenträgerhymne in ein jammervolles Klagelied verwandelte. Es war also alles in bester Ordnung – bis die Direktorin erklärte, was der Anlass für den Appell war.

»Liebe Jung- und Thälmannpioniere, liebe FDJler und Lehrer, wir sind heute hier zusammengekommen, weil sich an unserer Schule ein sehr, sehr schlimmer Vorfall ereignet hat. Ricardo Meinert aus der 3b, komm bitte vor.« Es war, als ob sich der Boden unter mir öffnete. Ich war unfähig, mich zu bewegen. Schlagartig schossen Unmengen von Blut durch meinen Kopf. Ricardo? Was hatte Ricardo angestellt?

Ricardo stand direkt neben mir und machte keinerlei Anstalten, sich zu bewegen. »Ricardo Meinert!« Die Direktorin schaute ihn direkt an. Irrtum ausgeschlossen, sie meinte ihn und keinen anderen.

Mit gesenktem Kopf ging Ricardo nach vorn. Unsicher schaute er nach links und rechts. Es war totenstill. Niemand flüsterte einen Spruch, niemand versuchte Ricardo aus dem Tritt oder zum Lachen zu bringen. Jeder spürte, dass etwas noch nie Dagewesenes bevorstand.

Kurz bevor Ricardo sie erreichte, sagte die Direktorin: »Bleib bitte da stehen.« Er stand mitten in der Turnhalle, fünfhundert Blicke waren gespannt auf ihn gerichtet. Ricardo hatte so ein knallrotes Gesicht, dass ich Angst bekam, sein Kopf würde anschwellen und platzen.

»Vor zwei Tagen wurde einer unserer Mitschüler, Wong Tu Han, aufs übelste angegriffen«, sagte die Direktorin. »Dieser Mitschüler stammt aus einem anderen Land, aus Vietnam. Ricardo Meinert benutzte ein Wort im Zusammenhang mit diesem Mitschüler, das ich vor der Schule nicht nennen kann und will. Er diskriminierte den Schüler Wong Tu Han damit wegen seines Aussehens und seiner Rasse. Unsere Gemeinschaft duldet es nicht, dass andere Menschen aufgrund ihres

Äußeren so behandelt werden. Und ebensowenig dulden wir jede Art von Feindlichkeit gegenüber Menschen aus unseren sozialistischen Bruderstaaten. Ricardo, gib mir dein Halstuch. Du bist bis auf weiteres nicht mehr Mitglied der Pionierorganisation Ernst Thälmann. Dein Verhalten ist dem Anspruch, der an einen Pionier gestellt wird, nicht würdig.«

Ich fiel aus allen Wolken. Das stimmte doch alles gar nicht! Hilfesuchend schaute ich zu unserem Lehrer, doch der starrte mit versteinertem Gesicht ins Irgendwo. Warum sagte denn niemand, dass dieser Wong eine Nervensäge war, die den Lehrern die ganze Zeit auf der Nase herumtanzte? Dass Wong ihnen mit Absicht den ganzen Tischtennistag verdorben hatte. Und warum sagte niemand, dass Ricardo alles andere als ein Ausländerfeind war? Warum sagte ich nichts?

Nach dem Appell fühlte ich mich so schlecht wie noch nie in meinem Leben. Ich ekelte mich. Vor dem, was die Direktorin mit Ricardo veranstaltet hatte, und vor mir selber. Ich hätte doch allen erzählen müssen, was wirklich vorgefallen war. Natürlich war ein Wort wie »Schlitzauge« nicht nett. Aber wenn man sich den Wong einmal anschaute, dann hatte er nun mal Schlitzaugen.

Wenn jeder Pionier, der mich irgendwann einmal »Schielauge« genannt hatte, so dafür bestraft worden wäre wie Ricardo, hätten wir jeden zweiten Tag einen Appell gehabt. Warum hatte sich denn dafür nie jemand interessiert?

Wenn »Schlitzauge« ein Schimpfwort war, das man nicht gebrauchen sollte, warum hatte man dann nicht einfach mit Ricardo gesprochen? Er hätte es nie wieder gesagt. Sogar entschuldigt hätte er sich bei Wong. Und wenn der uns weiterhin beim Tischtennis beschossen hätte, wäre uns schon noch etwas eingefallen, um ihm das abzugewöhnen. Etwas, das irgendwie mit den Geboten der Jungpioniere in Einklang stand und trotzdem schmerzhaft genug war, um bei einem wie Wong wichtige Lernprozesse zu aktivieren.

Musste die Direktorin mit Kanonen auf Spatzen schießen? Hatte sie noch nichts von der Verhältnismäßigkeit der Mittel gehört? Vor zwei Wochen war das Thema im Staatsbürgerkundeunterricht gewesen! Ricardo war öffentlich hingerichtet worden, ohne dass er die geringste Chance gehabt hätte, sich zu verteidigen. Und ich hatte gekuscht, statt den Mund aufzumachen und meinen besten Freund in Schutz zu nehmen.

Nach einem Monat durfte Ricardo wieder in die Pionierorganisation eintreten. Wie schon einige Male zuvor hatten sich meine Verwirrung und Empörung schnell wieder gelegt, und die Fragen, die mich so bedrängt hatten, waren spurlos verschwunden. Ich war einfach nicht imstande, meine negativen Erfahrungen miteinander zu verknüpfen und einen Zusammenhang darin zu erkennen. Sie blieben für mich immer Einzelerlebnisse, als würde man alle Zahlen kennen, aber das Einmaleins nicht beherrschen.

Schlecht war, was meine Direktorin gemacht hatte, nicht etwa die DDR. Ich glaubte fest daran, dass wir alle gemeinsam auf dem richtigen Weg waren, an dessen Ende ich bereits das Bild des guten Menschen schimmern sah. Zu keiner Sekunde zweifelte ich daran, dass am Ende dieses Weges das Glück auf mich wartete. Und wenn ich doch einmal Zweifel hatte, gab es immer jemanden, der sie mir ausredete, jemanden wie Heinz Mattuschke zum Beispiel.

Helden wie wir

An einem unserer Pioniernachmittage hatten wir einen Arbeiterveteran eingeladen. Er hieß Heinz Mattuschke, hatte tausend Falten im Gesicht, kaum noch Zähne im Mund und kannte Geschichten, die spannender waren als alles, was ich je gehört hatte.

Heinz Mattuschke war 1919 geboren worden, und seine Kindheit war ein einziges Abenteuer. Er erzählte, wie sich sein Vater mit anderen Genossen zu Hause getroffen hatte, um Demonstrationen, Streiks oder Versammlungen zu planen. Oder wie sie beschlossen, verbotene Plakate in der Stadt aufzuhängen. Bei solchen Treffen lauschte Heinz immer an der Tür. Wenn sein Vater ihn dabei erwischte, setzte es Maulschellen, weil er Angst hatte, dass Heinz sich in der Schule verplappern und wichtige Geheimnisse verraten könnte. Dann wären sein Vater und die anderen Genossen sowie deren Familien in höchster Gefahr.

Je größer Heinz wurde, um so mehr erkannte sein Vater, dass er seinen Sohn nicht bremsen konnte. Mit acht Jahren half Heinz seinem Vater bereits, nachts Plakate zu kleben. Er saß auf seinen Schultern, so dass sie die Plakate viel höher an Wände oder Zäune kleben konnten, damit die Polizei sie am Tag darauf nicht so einfach wieder abreißen konnte.

Dabei war alles, was die Genossen wollten, genug zu essen für ihre Familien und ein gerechter Lohn für ihre Arbeit. Oft mussten sie zwölf oder vierzehn Stunden am Tag arbeiten, um über die Runden zu kommen, und konnten sich doch nur ein bisschen Margarine aufs Brot leisten. Und das, obwohl Heinz Mattuschke sogar einmal Millionär war. Er erzählte uns von der Zeit, als der Vater mit Millionen Reichsmark in der Lohntüte nach Hause kam und sie davon nicht einmal das Nötigste kaufen konnten, weil alles so teuer war. Schon am nächsten Tag war das viele Geld oft genug nur noch die Hälfte wert. Er erzählte, wie sie am Tag der Lohnauszahlung vor der Bäckerei standen und der Bäcker sich weigerte, ihnen Brot zu verkaufen, weil er wusste, dass sein Brot am nächsten Tag doppelt soviel wert sein würde. »Inflation« nannte sich das, und selbst wenn eine riesige Zahl auf den Geldscheinen stand, waren sie eigentlich nichts wert.

Heinz Mattuschke erzählte, wie die Faschisten die Macht in Deutschland übernahmen. Damals war er gerade vierzehn. Zwei Jahre später wurde sein Vater verhaftet und in ein Konzentrationslager gesteckt. Er sollte ihn nie wiedersehen. Später musste er in den Krieg ziehen und auf die Menschen schießen, die eigentlich seine Freunde waren, die Soldaten der Roten Armee. Es dauerte lange, bis sich die Möglichkeit zu desertieren bot, denn wenn ein Deserteur gefasst wurde, erschoss man ihn sofort. Eines Nachts aber gelang Heinz Mattuschke die Flucht, und nun kämpfte er Seite an Seite mit den Sowjetsoldaten gegen die faschistischen Truppen. Wieder schoss Heinz Mattuschke auf Menschen, die eigentlich seine Freunde waren, denn auf der anderen Seite lagen viele seiner Genossen in den Schützengräben.

Aber auch nach dem Krieg waren die Zerstörungen und die Not noch nicht vorbei. Heinz Mattuschke erzählte von der Zeit des Wiederaufbaus, als es weiterhin an vielem fehlte. Es hatte viel Kraft gekostet, unser Land neu aufzubauen. Ohne Marshallplan bauten wir erstmals auf deutschem

Boden einen sozialistischen Staat auf, eine Republik, in der die Arbeiter und Bauern über ihr Schicksal selbst entscheiden, und nicht ein paar wenige Reiche, die die Fabriken und das meiste Geld besaßen.

Ich bewunderte Heinz Mattuschke. Ich bewunderte ihn dafür, dass er nicht verbittert war. Er war jetzt ein alter Mann und hatte fast sein ganzes Leben lang Entbehrungen hinnehmen müssen. Und trotzdem hatten ihn diese Entbehrungen nicht gezeichnet. Wenn er von seinem Leben erzählte, machte er nicht den Eindruck, besonders stolz darauf zu sein, sondern wirkte eher, als wäre es das Normalste auf der Welt. Und er erzählte so von seinen Erlebnissen, als würde er es immer wieder genauso machen. Es gab nichts, was er zu bereuen hatte.

Ich stellte mir vor, wie Heinz Mattuschke als kleiner Junge, das Ohr an die Tür gepresst, den Gesprächen seines Vaters lauschte. Wenn ich an der Tür zum Wohnzimmer meiner Eltern lauschte, dann nur, um mitzubekommen, was sie so im Fernsehen schauten.

Dass mein Leben so angenehm und bequem war, hatte ich dem Einsatz von Menschen wie Heinz Mattuschke zu verdanken. Da war es ja wohl selbstverständlich, dass ich dort weitermachte, wo sie aufgehört hatten. Das war ich ihnen schuldig.

An unseren Pioniernachmittagen bekam ich noch mehr solcher Geschichten zu hören. Nie werde ich das letzte Bild von Ernst Thälmann vergessen, das heimlich im Gefängnis aufgenommen wurde. Den Kopf gesenkt, sitzt er über einem Buch und strahlt eine unglaubliche Kraft und Ruhe aus. Sein Mörder, lernte ich, lebte heute noch unbehelligt in Westdeutschland.

Ich las Bücher über Karl Marx, den liebevollen Familienvater, ich las Geschichten über chilenische Genossen, denen mit Hilfe eines Hirtenkinds die Flucht vor den Faschisten über die Anden gelang, ich las über Friedrich Engels, der als Kapitalistensohn geboren wurde und doch nichts anderes im Sinn hatte, als das Elend der Arbeiter in den Fabriken zu beenden.

Jedes Land braucht seine Legende, heißt es. Wir hatten jede Menge davon.

Kirchenverbot

Frank war ein Außenseiter in der Schule. Und dabei hatte er weder Hasenzähne noch wild wuchernde Muttermale, er fiel weder durch geringe Intelligenz noch durch andere Dummheiten auf, die innerhalb einer Gruppe Gleichaltriger zur sofortigen Sozialquarantäne führen. Frank hatte es sehr viel schwerer. Sein Vater war Pfarrer.

Es war nicht so, dass ich das dringende Bedürfnis verspürte, Frank an einen Pfahl zu stellen und um ihn herum einen Scheiterhaufen zu errichten und anzuzünden. Aber die Tatsache, dass sein Vater Pfarrer war, verlieh Frank die Aura eines Zauberers.

Dabei konnte Frank keineswegs Wasser in Wein verwandeln. Mit einem solchen Kunststück hätte er sich ohnehin wenig Freunde gemacht. Die leckere Orangenbrause, die es für meinen Geschmack viel zu selten in der Kaufhalle gab, wäre da schon eher ein Knaller gewesen. Damit hätte Frank mächtig Eindruck schinden können. Aber das Wasser rann bei Frank wie bei allen anderen auch durch die Finger und verschwand im Ausguss, ohne sich wundersam orange zu färben.

Trotzdem war irgend etwas anders mit Frank. Ich spürte das. Schließlich ging er jeden Sonntag in die Kirche. Wer wusste schon, was er da die ganze Zeit trieb? Ich jedenfalls nicht. Aber obwohl ich Frank gegenüber zutiefst misstrauisch war, konnte ich mich einfach nicht dieser merkwürdigen Anziehungskraft entziehen, die von ihm ausging.

Wenn ich alle Bruchstücke, die mir über das Christentum und den Glauben an Gott bekannt waren, richtig zusammengesetzt hatte, dann lagen Christen und Sozialisten in ihren Wertvorstellungen und Ansichten über den richtigen Umgang der Menschen miteinander eigentlich gar nicht so weit auseinander. Nur dass bei den Christen ein Kreuz an der Wand hing und bei den Sozialisten ein Bild von Erich Honecker. Es interessierte mich sehr, warum ein Mensch einen Gott brauchte, um an das Gute im Menschen und auf Erden zu glauben, und nicht einfach, so wie ich es tat, an sich selbst glauben konnte.

Weil ich so neugierig war, wählte ich Frank öfter in meine Fußballmannschaft. Nicht als ersten, so gut spielte Frank nicht, aber doch so frühzeitig, dass ich ihn mit großer Sicherheit für meine Mannschaft bekam. Manchmal setzte ich mich auch bei der Schulspeisung neben ihn, nicht zuletzt in der Hoffnung, die Worte zu verstehen, die Frank beim Tischgebet vor sich hin murmelte. Aber das war unmöglich. Frank murmelte und bekreuzigte sich so schnell, wie andere mit der Wimper zucken oder nach dem Essen mit dem Wischlappen über den Tisch fuhren, wenn sie zum Putzdienst eingeteilt waren.

Mit der Zeit befreundeten Frank und ich uns immer mehr, und so kam es, dass Frank mich eines Tages fragte, ob ich ihn nicht am Samstag besuchen wollte. Wir könnten im Garten kicken oder sein neues Baumhaus fertigbauen. Das Baumhaus allein war schon Grund genug für mich zu kommen. Dass ich endlich erfahren würde, wie es bei einem echten Pfarrer zu Hause aussah, machte die Sache noch um einiges interessanter.

Meine Eltern sahen mich argwöhnisch an, als ich verkündete, am Samstag bei Pfarrersohn Frank eingeladen zu sein, aber das nahm ich gelassen. Ich hatte gelernt, dass es der Job meiner Eltern war, sich um mich Sorgen zu machen. Sie sorgten sich in angemessener und nicht übertriebener Form, und ich dankte es ihnen, indem ich gute Schulnoten nach Hause brachte und ihnen alles, was ihnen wirklich Sorgen hätte bereiten müssen, nicht erzählte. Auf dieser optimalen Eltern-Kind-Geschäftsgrundlage verstand ich mich ganz hervorragend mit meiner Mutter und meinem Vater.

Frank wohnte in einem schönen Haus am Stadtrand. Sein Baumhaus war wirklich spektakulär, und Frank hatte noch ein paar Nachbarskinder eingeladen, so dass es ein lustiger Nachmittag zu werden versprach. Wir tobten durch den Garten, setzten mit unseren fulminanten Schüssen beim Fußballspiel dem Leben der einen oder anderen Rose im Blumenbeet von Franks Mutter ein Ende und landeten schließlich im Baumhaus, wo Frank vorschlug, wir sollten jetzt unsere Penisse vergleichen.

Außer Frank schien niemand wirklich Interesse daran zu haben. Ich auch nicht. Bestimmt kämpfte Frank mit unfairen Mitteln. Wer weiß, ob er nicht jeden Tag beim Tischgebet für einen richtig großen Schwanz betete und Gott seine Gebete erhört hatte? Eines war mir klar, wenn Gott es wollte, dann hatte er den Größten. Ich konnte mir nicht helfen, aber das Bild, das bei diesen Gedanken vor meinem geistigen Auge entstand, hatte etwas sehr Groteskes.

Frank schaute in die Runde, aber niemand machte Anstalten, auf seinen Vorschlag einzugehen. Das störte Frank nicht weiter. Er zog seine Hose runter und verkündete, wer einen längeren als er habe, bekomme zehn Mark von ihm.

Bevor irgend jemand die Chance hatte, dem zugegebenermaßen ziemlich langen Schniedel von Frank etwas entgegenzusetzen, bekam Frank eine schallende Watsche auf den Hinterkopf. Sein Vater, gewarnt vom Elterninstinkt, hatte uns einen Besuch im Baumhaus abstatten wollen. Wenn eine Horde von fünf Jungen länger als zehn Minuten irgendwo still beieinandersitzt, ist es höchste Zeit einzuschreiten, falls es nicht schon zu spät ist. So hatte Franks Vater uns erwischt. Der Pfarrer schien wenig angetan zu sein vom Anblick seines entblößten Sohns.

Ich war gespannt, was für Strafen es in einer Pfarrersfamilie gab. Beten bis zum Umfallen? Irgendwelche Riten, um Frank von seiner Sünde reinzuwaschen? Nichts davon war der Fall. Franks Vater verkündete im tiefsten Ernst: »Ich bin enttäuscht von dir, Frank. Zur Strafe darfst du die nächsten Sonntage nicht mit in die Kirche.«

Das haute mich von den Socken. Was fiel dem denn ein? Das wäre ja genauso, als würden meine Eltern mir verbieten, in die FDJ einzutreten. Ich traute meinen Ohren nicht. Wenn ein Pfarrer darüber entschied, wann jemand in die Kirche gehen darf und wann nicht, dann musste an der Geschichte mit dem Glauben etwas faul sein. Die Kirche war ein Haus Gottes, und auch wenn ich nicht nachvollziehen konnte, warum jemand Gottes Beistand suchte, mussten die, die es wollten, ja wohl jederzeit in die Kirche gehen dürfen.

In gewisser Weise glaubte ich an den Sozialismus, wie andere an Gott glauben mochten, und wollte später ein guter Sozialist werden, wie andere gute Christen sein wollten. Mit der Verwirklichung meiner Vorsätze klappte es aber nicht immer. Ich hatte auch schon mal einen Pioniernachmittag vergessen und eine Fünf in Staatsbürgerkunde bekommen, weil ich meine Hausaufgaben nicht gemacht hatte. Aber deswegen kam noch lange nicht der Erich Honecker bei mir vorbei, um mich aus dem Land zu schmeißen, an das ich glaubte. So funktionierte das nicht. In der Volkskammer der DDR gab es sogar eine christlich-demokratische Partei. Deren Mitglieder wurden ja auch nicht vor die Tür gesetzt.

Hätte ich zu diesem Zeitpunkt schon gewusst, was Wolf Biermann oder Nina Hagen widerfahren war, und hätten wir mit unserer Klasse schon den Volkskammerbesuch hinter uns gehabt, hätte ich anders darüber gedacht. So aber brach nur meine Neugier zusammen, zu erfahren, was es mit dem Glauben an Gott auf sich hatte. Von diesem Moment an war Frank für mich ein Mensch wie jeder andere, und die Frage, ob und wie er an Gott glaubte, spielte für mich keine Rolle mehr. Mit seinem willkürlichen Kirchenverbot hatte Franks Vater vorerst jeden göttlichen Mythos für mich zerstört.

Und bei nächster Gelegenheit holte ich mir die zehn Mark von Frank ab.

Wohin soll denn die Reise gehen?

Am letzten Schultag vor den Sommerferien gab es immer einen großen Abschlussappell. Die Direktorin verabschiedete uns in die Ferien. Sie ermahnte uns Pioniere, dass wir uns im Ferienlager genauso ordentlich benehmen sollten wie in der Schule. Die FDJler bat sie, wenn überhaupt, dann vorsichtig mit ihren Mofas zu fahren.

Dass wir Pioniere uns im Pionierlager ordentlich benehmen würden, war Ehrensache. Dass die FDJler auf ihren Mofas jedoch umsichtig fahren würden, glaubte niemand. Ihr rüpelhaftes Verhalten wurde mit der Zeit immer schlimmer.

Es verging kaum eine Pause, in der die FDJler nicht versuchten, uns den Ball wegzunehmen. Da sie größer und stärker waren als wir, dauerte es nur Sekunden, bis sie sich den Ball fröhlich zuwarfen und sich darüber amüsierten, wie wir versuchten, ihn zurückzuerobern. Da wir schnell einsahen, dass es zwecklos war, hinter den Großen herzulaufen, versuchten wir an ihre Vernunft zu appellieren. Wir sagten, dass wir ihnen doch nie etwas getan hätten. Dass sie sich selber einen Ball mitbringen könnten, wenn sie spielen wollten. Keine Chance. Wir bettelten sie an. Das schienen sie zu genießen. Aber in den Ballbesitz brachte es uns nicht. Erst wenn sie nach vier, fünf Minuten die Lust am Quälen verloren hatten, konnten wir weiterspielen. An richtig schlechten Tagen warfen sie unseren Ball einfach aufs Dach der Turnhalle, und wir konnten sehen, wie wir ihn wieder runterholten.

Nein, auf die FDJler konnte man nicht zählen. Die würden in den Ferien mit ihren Mofas durch die Gegend brausen, wie es ihnen gefiel.

Am Ende des Appells sangen wir immer ein bestimmtes Lied, und das ging so:

»Wohin soll denn die Reise gehen?
Wohin, sag, wohin, ja, wohin?
Wo wir den bunten Sommer sehn,
dahin, ja, dahin.«

Das war sehr schön ausgedrückt: »Wo wir den bunten Sommer sehn«. So mobil waren wir Ossis ja nicht in Sachen Urlaub. Meine bunten Sommer spielten sich daher vor allem in Pionierferienlagern ab.

Ferienlager, das bedeutete, in großen Zelten zu wohnen, in denen es Platz für bis zu zehn Kinder gab. Das Lager war mitten im Wald gelegen, und wenn man Glück hatte, gab es einen See in der Nähe, in dem man prima baden konnte, vorausgesetzt, man hatte seine Badeerlaubnis nicht vergessen.

Die Wahrscheinlichkeit, bei zehn Kindern in der Gruppe eines mit Heimweh dabeizuhaben, war ziemlich hoch. Ich hatte nie Heimweh. Schließlich bekam ich fast jeden Tag einen Brief von meiner Mutter. Den ersten Brief hatte sie meistens schon zwei Tage, bevor ich wegfuhr, geschrieben und abgeschickt, so dass ich ihn gleich am ersten Tag im Ferienlager bekam. Wenn ich daran dachte, dass meine Mutter diesen Brief geschrieben hatte, während ich ein Zimmer weiter in meinem Bett lag und schlief, kam mir das sehr merkwürdig vor. Für mich steckte etwas sehr Großes in dieser Szene. Etwas, das schwer fassbar war, das mich einerseits unwirklich und unverständlich anmutete und sich andererseits einfach wunderschön anfühlte.

Die Heimwehkrankheit war immer von denselben Symptomen begleitet: tagsüber von der Lustlosigkeit, zu spielen, zu essen, zu reden oder Kienäpfel durch die Fensteröffnung im Dach des grünen Armeezelts der Mädchen zu werfen, und abends von halbstündigem Schluchzen vor dem Einschlafen. Tja, und nach drei Tagen waren wir dann einer weniger in der Gruppe. Man soll niemanden zu seinem Glück zwingen.

Denn zweifellos war die Zeit im Ferienlager ein Glück. Baden, Fußball oder Tischtennis spielen, basteln, Ausflüge in die Umgebung, Wanderungen im Wald, ein Pioniermanöver, bei dem mit Karte und Kompass bestimmte Stationen gefunden werden mussten, an denen wir verschiedene Aufgaben zu erledigen hatten. Zum Beispiel galt es abzuschätzen, wie weit entfernt eine Baumgruppe stand, oder beim Granatenzielwurf so viele Granaten wie möglich in Hula-Hoop-Reifen zu werfen, die ein paar Meter entfernt auf dem Boden lagen, sich an einem Seil entlangzuhangeln, versteckte Granaten so schnell wie möglich wiederzufinden oder aber ein bestimmtes Wegstück zu passieren, ohne dabei in einen Hinterhalt zu geraten. Kindersoldaten in der DDR.

Der unzweifelhafte Höhepunkt eines jeden Ferienlagers war für mich das Sportfest. Sechzigmeterlauf, Weitsprung, Crosslauf über dreihundert Meter, Liegestütze, Dreierhop. Am Ende wurden die Ergebnisse aller Disziplinen zusammengezählt und in jeder Altersklasse der stärkste Pionier ermittelt. So auch an jenem denkwürdigen Tag im Sommer des Jahres 1984.

*

Meine Gegner waren größer und stärker. Das waren sie immer. Schon in meiner Klasse war ich stets der Kleinste, kleiner noch als die Mädchen. Doch durch das Stahlbad des Spotts meiner Klassenkameraden war ich abgehärtet, was meine Größe betraf. Das Fehlen von Kraft machte ich durch Ausdauer und Geschicklichkeit wett. Jedes Wochenende ging mein Vater mit mir ins nahe gelegene Stadion, wo wir Fußball spielten. Mal allein, mal mit anderen Kindern und deren Vätern. Wir fuhren auch oft raus aus der Stadt, um durch den Wald zu wandern.

Als das Sportfest am frühen Morgen losging, war die Stimmung prächtig wie immer. Insgesamt waren wir vielleicht zweihundert Kinder im Ferienlager, und jetzt wuselten alle durch das Lager, von einer Disziplin zur nächsten. In den Pausen wurde geprahlt, wer wo am besten abgeschnitten hatte. Nach dem Weitsprung, dem Sechzigmeterlauf, dem Dreierhop und dem Crosslauf lag ich in meiner Altersklasse mit in der Spitzengruppe. Ich war nirgends der Beste. Aber immer an dritter, vierter oder sogar zweiter Stelle. Die letzte Disziplin waren die Liegestütze. Eine Minute hatte man Zeit, um so viele Liegestütze wie möglich zu machen. Ohne abzusetzen, sonst war die Minute schon vorher dabei.

Es war ein grandioses Spektakel, denn im Gegensatz zu den anderen Disziplinen konnte man hier jeden einzelnen kämpfen sehen. Köpfe, die puterrot wurden, und vor Anstrengung zu bizarren Grimassen verzerrte Gesichter. Es war hochspannend zu sehen, wie lange einer noch weitermachte, wenn seine Arme bereits zu zittern anfingen und er sich kaum noch hochdrücken konnte. Penibel achteten die Kampfrichter darauf, dass die Arme im Neunziggradwinkel gebogen wurden. Die anderen mochten zwar größer und stärker sein als ich, aber sie waren auch schwerer. Was sie an Kraft mehr hatten, verloren sie durch ihr Gewicht. Kaum einer schaffte mehr als dreißig Liegestütze.

Dann war ich an der Reihe. Bis zur vierzigsten Sekunde brauchte ich keine Pause und hatte schon achtunddreißig Liegestütze geschafft. Fast im Sekundentakt riss ich die Liegestütze herunter. Am Ende waren es vierundfünfzig. Es dauerte eine Weile, bis die Kampfrichter alle Ergebnisse zusammengezählt hatten. Dann war klar: Ich hatte es geschafft. Zwei Liegestütze weniger und ich wäre nur Zweiter geworden, aber mit den vierundfünfzig Stück hatte ich mich im letzten Moment an die Spitze der Gesamtwertung gesetzt.

Als die Urkunden am frühen Abend auf einem Appell vergeben wurden, war ich der stolzeste Mensch auf Erden. Ich war der stärkste Pionier. So stand es schwarz auf weiß auf der Urkunde, die ich in Händen hielt. Ich hatte das Gefühl, alles richtiggemacht zu haben. Mit einem Mal gab es keine Zweifel und keine Fragen mehr. Kein Nachdenken und Grübeln darüber, ob es nicht doch besser gewesen wäre, die Sache so oder anders anzupacken. Es war einfach alles richtig, die Dinge hatten ihre Ordnung, unverrückbar und fest.

Ich wünschte, die Welt würde immer so funktionieren. Man läuft sechzig Meter weit, die Zeit wird gestoppt, und hinterher weiß man, ob man gut oder schlecht gelaufen ist. Und wenn man die schnellste Zeit von allen hatte, dann hatte man alles richtig gemacht.

Was ich in jenem Moment spürte, war genau das, wonach ich bisher immer gesucht hatte. Es war ein fantastisches Gefühl, so frei und unbeschwert. Es war pures Glück.

Einführung in die sozialistische Produktion

In der siebten Klasse standen für meine Klassenkameraden und mich zwei neue Fächer auf dem Programm: »Einführung in die sozialistische Produktion« und »Produktive Arbeit«. Während die Einführung in die sozialistische Produktion, kurz ESP genannt, rein theoretischer Natur war, ging es im PA-Unterricht mit Bohrmaschinen oder einer Dreiwalzenbiegemaschine richtig zur Sache. Für mich war dieser Unterricht ein echter Opfergang. Sicherlich war es eine ehrenvolle Aufgabe und Pflicht, in einem Volkseigenen Betrieb den Reichtum des Landes zu mehren, aber ich sah meine Stärken nicht so sehr darin, Raumteilerringe zu drehen oder Kabel zu schneiden. Aber es musste sein, und ich ergab mich in mein Schicksal.

Der PA-Unterricht fand im Patenbetrieb der Schule statt, dem VEB Lufttechnische Anlagen in Berlin. Hier wurden Lüftungsschächte und -systeme für alle möglichen Gebäude hergestellt. Oder auch nicht, je nachdem wie die Zulieferbetriebe gearbeitet hatten. Manchmal, wenn wir durch die Werkhallen gingen, sahen wir die Arbeiter beieinandersitzen und Karten spielen. Manchmal sahen wir auch niemanden.

Ausgestattet mit Blaumännern, in denen vor allem die Mädchen ziemlich anders aussahen, wurden wir in drei Gruppen zu sieben bis acht Leuten aufgeteilt. Dann wurde einer aus der Gruppe dazu bestimmt, den Vorarbeiter zu geben. Der Vorarbeiter brauchte selbst nichts zu tun. Er musste die anderen kontrollieren, ob sie ihre Arbeit richtig machten, und zählen, welche Stückzahlen jeder einzelne produziert hatte. Denn der PA-Unterricht fand keineswegs nur so zum Spaß statt, sondern für jede Tätigkeit war eine Norm festgelegt, die es zu erreichen galt. Am Ende der Unterrichtsstunde gab es eine der Normerfüllung oder Nichterfüllung entsprechende Note. Der Vorarbeiter-Schüler musste sogar eine Einschätzung zum Betragen der einzelnen Mitschüler abgeben, die in die Endnote mit einfloss, denn die PA-Lehrer waren nicht die ganze Unterrichtsstunde anwesend, sondern gingen wieder an ihre eigentliche Arbeit im Betrieb.

Wie erwartet wurde das praktische Arbeiten für mich zu einer echten Herausforderung. In der ersten Stunde musste ich Kabel schneiden. Meine Aufgabe bestand darin, die schwarze Gummiummantelung eines dreiadrigen Kabels so zu entfernen, dass die drei Drähte jeweils zehn Zentimeter frei lagen. Selbstverständlich durfte dabei die innere Isolierung der Drähte nicht beschädigt werden. Da der schwarze Isolierungsgummi die drei Drähte aber ziemlich fest umschloss, war das eine Aufgabe für fingerfertige Artisten des Chinesischen Staatszirkus, aber nicht für mich. Immer, wenn ich mich zu beeilen versuchte, schnitt ich eines der kleineren Kabel innen auf, und das Stück war Ausschuss. Schickte ich mich an, es ordentlich zu machen, brauchte ich eine Ewigkeit und hatte keine Chance, die Planzahl zu erreichen. Zwanzig Kabel in einer guten halben Stunde? Unmöglich.

Ich fluchte vor mich hin. Gab es wirklich einen Menschen, der in der Lage war, diese unmenschliche Kabelschneidenorm zu erfüllen? Adolf Hennecke vielleicht, der Aktivist der ersten Stunde. Der war im Jahr 1948 ins Bergwerk gefahren und hatte während einer Schicht mit einer Normerfüllung von 387 Prozent die Vorgaben fast um das Dreifache überboten. So hatten wir es im Geschichtsunterricht gelernt. In einem Nebensatz stand in unserem Schulbuch zu lesen, dass nicht alle Bergarbeiterkumpel von Adolf Hennecke über seinen Einsatz besonders glücklich waren. Klar, denn die Norm war daraufhin für alle ein bisschen angehoben worden, was natürlich für jeden mehr Schinderei bedeutete. Aber wenn es nun mal möglich war, soviel mehr Kohle aus der Erde zu holen, dann war das eigentlich in Ordnung, dachte ich.

Jetzt, mit meinem Kabel in der Hand, dachte ich gar nichts mehr, sondern ich tobte innerlich. Adolf Hennecke mochte vielleicht der weltbeste Bergarbeiter sein, und vielleicht gab es irgendwo auf der Welt auch einen Menschen, der ein richtiges As im Kabelschneiden war, aber ich war bereit, mich mit beiden mal zur Rechtschreib-Olympiade zu verabreden. Dann würde man schon sehen, wer da die Nase vorn hätte.

Am Ende der Stunde stand ich mit neun mickrigen Kabeln da. Fünf Kabel hatte ich zerstört. Norm nicht erfüllt. Ausschussquote viel zu hoch. Meine gute Betragensnote brachte mich wenigstens noch auf eine Vier plus. Und das machte mich sauer. Ich hatte mir wirklich Mühe gegeben, aber besser konnte ich es einfach nicht.

Der Frust über den PA-Unterricht saß tief. Ich war es gewohnt, gut in der Schule zu sein, aber ich war einfach nicht in der Lage, ein Winkeleisen planzufeilen. Immer wenn ich den Messstab ansetzte, um zu sehen, ob das gefeilte Ende überall glatt und eben war, schimmerte Licht zwischen Stab und Winkeleisen hindurch, und ich durfte weiterfeilen. Unser PA-Lehrer war wohl der Ansicht, dass ein Mensch nicht durchs Leben gehen könne, wenn er nicht das Ende eines Eisenstücks perfekt glattfeilen kann.

Wer es in einer Stunde nicht schaffte, durfte in der nächsten gleich noch mal ran. Manchmal war ich schon verdammt nah dran, und der Lichtspalt war nur noch winzig klein. Vorsichtig spannte ich das Eisen in den Schraubstock und streichelte es ganz sanft mit der Feile, um die letzte kleine Unebenheit zu beseitigen. Aber immer war das Stück anschließend schief und krumm.

Als ich an der Reihe war, Vorarbeiter-Schüler zu werden, wähnte ich mich im Paradies. Endlich eine Stunde lang gepflegt über die Runden bringen und ohne Schwierigkeiten eine gute Note einsacken. Nach den Strapazen der letzten Wochen hatte ich mir das wirklich verdient. Fand ich. Doch wie so oft hielt das Leben eine interessante Überraschung für mich parat.

Ich fühlte mich äußerst wohl in meiner Rolle als Vorarbeiter. Das war mein Ding: anderen mit guten Ratschlägen zur Seite stehen, ohne selbst Hand anlegen zu müssen, aufpassen, dass auch ja alles seine Ordnung hatte. Das Leben konnte nicht schöner sein. Bis ich bemerkte, dass Sven und Ricardo ihre Raumteilerringe hin und wieder in eine Kiste schmissen, in die diese eigentlich gar nicht hineingehörten.

In der Rangfolge der gefürchtetsten Tätigkeiten kam das Drehen der Raumteilerringe gleich nach dem Kabelschneiden, denn die Dreiwalzenbiegemaschine, an der die Ringe gemacht wurden, war eine zickige Diva. Eigentlich war die Aufgabe recht einfach: Ein schmaler Eisenstreifen wurde zwischen die Walzen gelegt, dann drehte man an den Walzen, so dass der Streifen in die Maschine gezogen wurde. Am Ende sollte ein Ring herauskommen, der dann, mit vielen anderen zusammen an irgendwelche Metallgitter geschweißt, einen modischen Raumteiler ergeben sollte. Soweit die Theorie. In der Praxis klafften nach dem Biegeprozess die Enden so weit auseinander, dass man vielleicht von einem Halbmond, nicht jedoch von einem Ring sprechen konnte, oder aber die Enden des Rings standen so schief zueinander wie die Zähne meines Opas. Mit viel Gefühl konnte man den einen oder anderen Ring zwar retten, aber die Ausschussproduktion war vorprogrammiert.

Ricardo und Sven aber schienen sich nicht den Launen der Dreiwalzenbiegemaschine überlassen zu wollen. Die beiden warfen ihre missglückten Ringe einfach in eine Kiste, die wohl von einer anderen Klasse vergessen worden war und in der schon zwei Dutzend anderer Ringe lagen. Ricardo und Sven schummelten. Als ich ihnen sagte, dass sie ihre Ringe wieder aus der Kiste holen sollten, zeigte Ricardo mir einen Vogel. »Verpetz uns doch«, sagte er nur und schmiss den nächsten verunglückten Ring in die Kiste.

Ich ging an meinen Aufseherplatz zurück und wusste nicht, was ich machen sollte. Ich hatte die Wahl, zu lügen oder meinen besten Freund zu verpfeifen. Den Rest der Stunde konnte ich an nichts anderes denken. Ich wollte doch bloß ein guter, ordentlicher Mensch sein. Warum nur legte mir die Moral, an die ich so fest glaubte, dabei Steine in den Weg? Einerseits war es nicht richtig zu lügen, andererseits war es nicht richtig, seinen Freund anzuschwärzen. Wie um alles in der Welt sollte ich da richtig und falsch auseinanderhalten?

Und alles nur, weil diese blöde Dreiwalzenbiegemaschine keine ordentlichen Ringe drehen konnte. Als der Lehrer uns gezeigt hatte, wie die Maschine funktioniert, hatte er von drei Ringen auch einen schiefen gedreht. Warum konnte man sich nicht einfach eingestehen, dass die Maschine fehlerhaft arbeitete und die Wahrscheinlichkeit, schlechte Ringe zu drehen, entsprechend hoch war? Warum mussten wir an utopischen Normzahlen und somit an einer Lüge festhalten? Was sollte ich bloß tun?

Ich beschloss, die Wahrheit zu sagen und nichts als die Wahrheit.

Als unser Lehrer gegen Ende der Stunde zu uns kam, um sich die Ergebnisse meiner Auswertung anzusehen und zu überprüfen, sagte ich: »Die Dreiwalzenbiegemaschine funktioniert nicht richtig.« Der Lehrer schaute mich erstaunt an. Ich erklärte ihm, dass er sich sicher noch daran erinnere, wie er zu Beginn des Unterrichts selber einen falschen Ring gedreht habe, weil die Maschine manchmal spinne, und dass es deshalb unmöglich sei, keinen Ausschuss zu produzieren. Jeder wisse das, und trotzdem sei die Norm so hoch und keine entsprechende Ausschussquote mit eingerechnet. Diese unrealistischen Vorgaben hätten zur Folge, dass Sven und Ricardo heute versucht hatten, ihren Ausschuss verschwinden zu lassen.

Als ich mit meinen Ausführungen fertig war, fühlte ich mich erleichtert. Als ich es wieder wagte, in das Gesicht meines Lehrers zu schauen, fühlte ich mich elend. Die Wahrheit schien nicht sehr willkommen zu sein. Mein Lehrer sah aus, als hätte er in eine Zitrone gebissen. Und dann bekam ich tatsächlich eine Einführung in die sozialistische Produktion. Diesmal aber nicht theoretisch, sondern ganz auf die Praxis bezogen.

Der Lehrer schaute mich an und sagte: »Weißt du, am Ende des Monats, wenn ich die Produktionszahlen meiner Brigade weiterreiche, fragt mich auch niemand, ob unsere

Warenbestellungen pünktlich geliefert worden sind oder unsere Lüftungskerne falsch vormontiert wurden. Das einzige, was meinen Chef interessiert, ist, ob wir die Planzahlen erfüllt haben oder nicht. Also gewöhnt euch schon mal besser daran.«

Ich wagte nicht zu fragen, ob er es denn nicht eigentlich lieber sähe, wenn genau diese Fragen gestellt würden, und ob er nicht im kleinen hier bei uns schon mal damit anfangen könne, weil hier doch er verantwortlich sei und nicht sein Chef. Ich ahnte, dass ihn diese Frage an einem wunden Punkt getroffen hätte. Denn die Antwort hätte »ja« gelautet, aber das hätte er niemals zugegeben.

Vor langer Zeit war in meinem Lehrer etwas kaputtgegangen. Etwas, das mit Aufrichtigkeit und Stolz zu tun hatte. Und daran mag niemand gerne erinnert werden.

Für Frieden und Sozialismus immer bereit

Von allen Demonstrationen war die zur Erinnerung an die Ermordung von Karl Liebknecht und Rosa Luxemburg die anstrengendste. Sie fand immer am zweiten Wochenende im Januar statt. Weder die Demonstration zum 1. Mai noch die große Militärparade zum Jahrestag der Gründung der DDR am 7. Oktober konnte da mithalten. Im Januar herrschte in Berlin ein Wetter, wie es in Sibirien nicht schlimmer hätte sein können. Nicht nur, dass es klirrend kalt war. Ein grauer Dunstschleier hatte in der Regel schon seit Tagen jegliches Licht verschluckt. Es schien, als wollte das Wetter sich dem traurigen Anlass der Demonstration anpassen.

Demonstrieren war eine Alltäglichkeit. Eigentlich demonstrierten wir immer: »Mein Arbeitsplatz, mein Kampfplatz für den Frieden«. Überall hingen solche Slogans und Banner. Und mit unserem Pioniergruß »Für Frieden und Sozialismus. Immer bereit!« demonstrierten auch wir Pioniere unseren Willen, für die DDR einzustehen.

So zu demonstrieren war leicht. Die Maidemonstrationen oder die Parade zum 7. Oktober bereiteten mir wesentlich mehr Unbehagen. Solange ich am 1. Mai noch auf den Schultern meines Vaters durch die Straßen Berlins getragen wurde, vorbei an der Ehrentribüne mit unserem Staatsratsvorsitzenden und Generalsekretär der Sozialistischen Einheitspartei Deutschlands Erich Honecker, war die Welt noch in Ordnung. Von da oben hatte man eine prima Sicht, konnte über die Köpfe der Menschenmassen schauen, sah die Fahnen, Plakate und Spruchbänder. Das war aufregend. Später, als ich für die Schultern meines Vaters zu schwer geworden war und nur noch als einer von vielen in der Masse mitlaufen konnte, machte mir das Demonstrieren keinen rechten Spaß mehr. So lernte ich, was es bedeutet, eine Pflicht zu haben.

Zu meinen Pflichten als Pionier gehörte es unter anderem, zu lernen und Sport zu treiben, wie es in unseren Geboten stand. Das machte ich gern. Mit den Demonstrationen jedoch verhielt es sich anders. Gegen die Anlässe der Demonstrationen hatte ich nichts, ganz im Gegenteil. Aber ich hatte nicht den Eindruck, dass alle Leute wirklich gern dabei waren. Und so liefen die Demonstrationen auch ab: Man versammelte sich an einem vorgeschriebenen Punkt, reihte sich in die Massen ein, lief eine, zwei oder drei Stunden durch die Straßen, und kaum hatte man das Ziel der Demonstration erreicht, verliefen sich die Massen auf dem schnellsten Wege. Jeder wollte nach Hause. Ich auch.

Der Verlust der väterlichen Schulter war das eine, die spürbare Unlust vieler Mitmarschierer das andere. Wenn ich mich fragte, warum die Demonstrationen mir und vielleicht auch den anderen nicht gefielen, dann lautete die ehrliche Antwort: weil sie immer gleich waren. Es waren immer dieselben Sprüche, es war immer derselbe Ablauf, der sich mit jedem Jahr etwas mehr totlief. Ich bezweifelte, dass es irgend etwas brachte, so zu demonstrieren.

Wir waren uns alle einig darüber, dass die Ermordung von Karl Liebknecht und Rosa Luxemburg einer der vielen Gründe dafür war, einen anderen Weg, unseren Weg, beim Aufbau einer deutschen demokratischen Republik einzuschlagen. Es herrschte wohl auch Klarheit darüber, dass wir uns solidarisch zeigten mit den unterdrückten Arbeitern der ganzen Welt. Aber ich hatte nicht das Gefühl, dass wir mit unseren Demonstrationen irgend etwas ändern konnten. Gibt es eigentlich ein noch wirkungsloseres Mittel, wenn man etwas will, als eine Demonstration?

Im Geschichtsunterricht hatten wir über den friedlichen Protest in Indien unter der Führung von Mahatma Gandhi gelesen. Ganz in der Nähe meiner Schule gab es sogar eine Straße, die nach seiner Tochter Indira benannt war. Gandhi war zwar nicht so ein Held wie beispielsweise Rosa Luxemburg und Karl Liebknecht – dazu haftete wohl zuwenig Arbeitergeruch an ihm –, aber seine Geschichte war ein weiteres Mosaiksteinchen in unserem Weltbild vom Kampf der unterdrückten Armen gegen die bösen Reichen. Schließlich ging es bei Gandhis Kampf um die Unabhängigkeit eines unterdrückten Volkes von den imperialistischen Engländern, die sogar noch einen König hatten, also war der Mann selbstverständlich einer von uns, einer von den Guten.

Soweit leuchtete mir das ein. Was ich nicht begreifen konnte, war die Sache mit den friedlichen Protesten, die letztlich sogar erfolgreich waren. Wie war das möglich? Wenn die Leute die ganze Zeit friedlich durch die Straßen liefen und niemandem etwas zuleide taten, warum sollte sich irgendein Despot darüber aufregen? Was unterschied einen solchen Protest von einem Einkaufsbummel in den Straßen Kalkuttas? Äußerlich liefen Demonstration und Einkaufsbummel auf dasselbe hinaus: Menschen ziehen durch die Straßen, und sonst passiert nichts. Und war es wirklich so schlimm, wenn die Menschen sich auf die Schienen setzten, um zu verhindern, dass Züge abfuhren, oder wenn Betriebe bestreikt wurden? Wir reden hier immerhin über Indien. Wieso sollte den britischen Besatzern damals so weh getan haben, was heute noch Alltag im Land der heiligen Kühe ist?

Ein anderes Beispiel: Wenn ich zu meinen Eltern gehen würde, um einen Schokoladenpudding von ihnen zu fordern, gab es nur zwei Möglichkeiten. Entweder sie sagten ja oder sie sagten nein. Danach war die Sache gegessen. Bei einem Nein hätte ich den ganzen Tag vor der Haustür auf und ab laufen können, um für meinen Pudding zu demonstrieren, ich hätte nichts erreicht. Meine Eltern wären selbst dann bei ihrer Entscheidung geblieben, wenn sich mir die Kinder des ganzen Viertels angeschlossen hätten und ich nicht allein, sondern gemeinsam mit hundert anderen vor der Tür gestanden hätte, um doch noch an meinen Schokoladenpudding zu kommen. Das Nein hätte gestanden, genauso unverrückbar wie die neunzehn Meter hohe Leninstatue am Leninplatz in der Nähe des Friedrichhains. Warum auch nicht?

»Ich demonstriere für meinen Pudding!«

»Du kriegst aber keinen.«

»Warum denn nicht?«

»Weil du letzte Woche schon welchen hattest.«

»Aber ich könnte jeden Tag Pudding essen.«

»Aber es ist nicht gesund, jeden Tag Pudding zu essen.«

»Wirklich?«

»Ja.«

Was sollte ich machen? Solange meine Eltern an der Macht waren, würden sie darüber bestimmen, wieviel Pudding sie für mich für gesund hielten. Soviel zur Wirkung von Demonstrationen. Und warum sollte etwas, das schon bei meinen Eltern, die mich liebten, nicht funktionierte, ausgerechnet bei den Imperialisten jenseits der Grenze klappen, die uns überhaupt nicht leiden mochten? Glaubte irgend jemand ernsthaft, dass sie beim Anblick unserer machtvollen Demonstration Angst bekämen oder irgendwie nachdenklich würden?

Nein, sie würden die Arbeiter niemals aus der Unterdrückung entlassen und alles angerichtete Unrecht wiedergutmachen, nur weil wir es auf unseren Demonstrationen forderten. Diese Aufmärsche waren vollkommen sinnlos.

007 jagt Dr. No

Die Sache mit dem Westfernsehen war ziemlich kompliziert. Nicht dass wir irgendwelche Empfangsstörungen gehabt hätten. Nein, ich durfte nur nicht Westfernsehen gucken. An dem Fernseher im Wohnzimmer waren zwar Westprogramme eingestellt – was meine Eltern mit der Notwendigkeit begründeten, darüber informiert zu sein, was der Klassenfeind drüben so alles anstellte –, aber ich durfte mir die Programme nicht anschauen.

In einem langen Gespräch hatten mir meine Eltern erklärt, dass ich noch nicht alt genug dafür sei und dass es sehr schwierig wäre für ein Kind in meinem Alter, den gemeinen Verlockungen des Westfernsehens zu widerstehen und die ganzen Unwahrheiten zu durchschauen, die man dort verbreiten würde. Das leuchtete mir ein. Darüber, wie listig und perfide die Kapitalisten die Menschen verführen konnten, hatte ich schon eine Menge gehört.

Allerdings gab es da ein kleines Problem. So wie es meine Eltern erzählten, schien das Westfernsehen ein rechtes Teufelszeug zu sein. Komisch. Denn was ich von meinen Klassenkameraden über das Westfernsehen erzählt bekam, klang ganz anders. So wie sie es beschrieben, mussten dort unglaublich aufregende Dinge vor sich gehen.

Autos, die durch die Luft flogen und anschließend explodierten, waren dabei das Normalste von der Welt. Ständig geschahen spektakuläre Dinge: Atombomben wurden entschärft, es gab Cowboys, die ganz allein gegen zwanzig Mann kämpfen und gewinnen konnten, Spione, die sich stundenlang am Dach eines wild dahinjagenden Autos festhielten, ohne runterzufallen, es gab die Ottifanten, es gab Außerirdische, die die Erde angriffen, Außerirdische, die die Erde retteten. Lange Zeit glaubte ich, Ottifanten seien Außerirdische. So wie sich meine Klassenkameraden benahmen, wenn sie Otto Waalkes imitierten, war das ein naheliegender Schluss.

Das beste am Westfernsehen aber war, dass mitten in diesem aufregenden Durcheinander lauter willige und wunderschöne Frauen herumzulaufen schienen, die fast immer nichts anhatten. Und wenn sie doch etwas anhatten, gab es garantiert eine Röntgenbrille, durch die man die Frauen nackt sehen konnte. Mit anderen Worten: Ich stellte mir das Westfernsehen gigantisch vor. Es war an der Zeit, dass ich endlich in der Schulpause mitreden konnte.

Es gab da nur ein kleines Problem: Tagsüber war bei mir zu Hause das Antennenkabel entfernt, so dass beim Einschalten der Programme drei und vier nichts weiter als eine Welt aus grauen, schwarzen und weißen Punkten zu sehen war. Ich starrte manchmal minutenlang angespannt in das Geflimmer. Da war etwas, das konnte ich sehen. Hin und wieder formten sich die Punkte zu größeren Streifen, fast war mir, als könnte ich einen Kopf oder etwas anderes erkennen, aber dann waren die Streifen auch schon wieder weg. Der graue Dunstflimmer wollte mir seine Bilder nicht preisgeben. Doch meine Chance sollte kommen.

Die Gelegenheit bot sich an einem Abend, an dem meine Eltern ins Theater gingen. Natürlich hatten sie das Antennenkabel entfernt und an einem sicheren Ort versteckt. An einem Ort, wo ein Zwölfjähriger niemals herumwühlen würde: in der Unterwäsche meiner Mutter. Aber das erfuhr ich erst Jahre später.

Also setzte ich auf mein Bastelgeschick und meinen Erfindungsreichtum. Ich hatte mir eine eigene Antenne gebaut, bestehend aus einer Gabel und Aluminiumfolie. Damit konstruierte ich eine Verbindung zur Heizung, die sich direkt hinter dem Fernseher befand, und schon hatte ich eine Superantenne. Diesmal, da war ich mir sicher, würden die Programme vom Westfernsehen funktionieren.

Ich hatte alles genau geplant. Meine Eltern verließen das Haus, nachdem sie mir eine gute Nacht gewünscht und mich ermahnt hatten, pünktlich ins Bett zu gehen. Wenn ich wollte, dürfte ich mir selbstverständlich die »Aktuelle Kamera« anschauen. Ich sagte zwar, das würde ich tun, aber ich war mittlerweile in einem Alter, wo die unterkühlte erotische Ausstrahlung von Angelika Unterlauf einfach nicht mehr ausreichte. Ich wollte mehr, ich wollte endlich sehen, wovon ich bisher nur in den Schulpausen gehört hatte.

Keine fünf Minuten nachdem meine Eltern weg waren, hatte ich meine Superantenne installiert. Und tatsächlich: Es funktionierte. Endlich sah ich das dritte und vierte Programm ohne undurchdringlichen Grauschleier. Und war maßlos enttäuscht. Statt Autos, die durch die Luft flogen, und halbnackter Frauen, die sich willig den Männern hingaben, las ein Mann Nachrichten vor. Das war ja genau wie in der »Aktuellen Kamera«! Zwar schien der Mann auch Nachrichten aus Frankreich, Amerika und England zu haben, und was er erzählte, klang nicht ganz so langweilig wie die ewigen Zahlenkolonnen von der Planerfüllung, die ich mir immer in der »Aktuellen Kamera« anhören musste. Aber die Langeweile, sagte ich mir immer, lag zu einem großen Teil an mir selbst. Ich hasste Zahlen. Wenn in der »Aktuellen Kamera« Zahlen verkündet wurden, hatte das schon seine Richtigkeit, und ich hatte Pech. Im Moment schien es, als würde meine Pechsträhne anhalten. Denn selbst wenn der Nachrichtensprecher im Westfernsehen keine Zahlen vorlas: Nachrichten waren Nachrichten und keine fliegenden Autos.

Ich stellte das vierte Programm ein. Ein Donnerschlag rührte mich: alte, dicke Weiber sangen schreckliche Volkslieder! Das gab es doch genauso im DDR-Fernsehen auch. Helga Hahnemann zum Beispiel. Sie mochte eine Stimmungskanone sein, meine Eltern jedenfalls amüsierten sich immer prächtig, aber nicht einmal für Geld würde ich die wohlbeleibte Helga Hahnemann nackt sehen wollen. Bei den singenden Volkmusikklopsen aus dem Westfernsehen ging es mir genauso.

Ich war deprimiert. Hatte ich etwas falsch gemacht? Wo waren die hübschen Frauen und die kühnen Helden, von denen mir erzählt worden war? Fassungslos sah ich zu, wie Scharen von Omas und Opas sich zu Trompetenklängen rhythmisch wiegten und dabei so aussahen, als wären sie gerade im siebten Himmel angekommen.

Fast wollte ich den Fernseher schon ausstellen, da wechselte ich noch einmal ins dritte Programm, die ARD. Endlich war der Mann mit den Nachrichten fertig. Was folgte, ließ mein Herz rasen. Ein Spionagefilm mit einem gewissen James Bond wurde angekündigt. Volltreffer. Ich machte mir vor Aufregung fast in die Hose. Dieser James Bond war der Wahnsinn. Seine Agentenkennnummer war die 007. Ich fragte mich, wie gut da erst die anderen Spione sein mussten, die noch vor James Bond lagen, etwa Agent 001 oder Agent 002! So toll wollte ich später auch mal sein.

Todesmutig jagte James Bond den ominösen Schuft Dr. No. Schießereien am laufenden Band, Maschinenmonster spien Feuer, eine Korallenfischerin im Bikini. Jetzt fühlte *ich* mich im siebten Unterhaltungshimmel. Längst hatte James Bond herausgefunden, dass sich Dr. No auf einer Insel versteckt hielt, von wo aus der Schurke irgend etwas richtig Schlimmes anstellen wollte, längst war die Sonne untergegangen, das Theaterstück, das sich meine Eltern angeschaut hatten, vorbei und diese auf dem Heimweg. O nein, James Bond war in eine Falle getappt, Dr. No hatte ihn gefangen! Aber James blieb total cool.

Jetzt erst verstand ich, was dieses Wort, das meine Klassenkameraden so oft in ihren Erzählungen benutzten, eigentlich bedeutete. Nichts brachte diesen James Bond aus der Ruhe. Und tatsächlich, kaum bot sich die Gelegenheit, gelang James Bond die Flucht. Jetzt würde er Dr. No fertigmachen. Ein Schlüssel wurde ins Schloss der Wohnungstür gesteckt. Meine Eltern! Mit einem Satz sprang ich zum Fernseher, stellte ihn aus, floh ins Bett – mein Zimmer lag zum Glück gleich neben dem Wohnzimmer – und atmete durch. Bis ich mich daran erinnerte, dass hinten im Fernsehapparat eine mit Aluminiumfolie umwickelte Gabel steckte.

Das Herzklopfen, das mir das Agentenabenteuer gemacht hatte, war nichts im Vergleich zu dem, das ich jetzt spürte. Die Welt mochte in Gefahr und Dr. No ein wirklich übler Kerl sein, aber wenn meine Eltern die Gabel fanden ... Ich wagte nicht, mich zu bewegen. So leise wie möglich holte ich Luft und lauschte auf das, was in der Wohnung vor sich ging. Würden meine Eltern den Fernseher anmachen?

Ich hörte Lachen und Flüstern. Jemand kam ins Wohnzimmer. Und ging in die Küche. Der Wasserhahn lief. Wieder

Schritte im Wohnzimmer. Sie kamen näher, bis an meine Tür. Mein Vater oder meine Mutter schienen zu horchen, ob ich schlief. Dann entfernten sich die Schritte wieder. Vor dem Fernseher blieben sie stehen. Auch wenn ich nichts sehen konnte, spürte ich, wie jemand vor dem Fernseher stand. Gleich würde ich den letzten Atemzug in Freiheit tun. Hätten mich meine Eltern erwischt, wie ich ein Programm mit Helga Hahnemann gucke, wäre das vielleicht noch okay gewesen, aber die Antennenkonstruktion, die ganz offensichtlich dazu diente, Westfernsehen zu empfangen, war zuviel des Guten. Ich war geliefert.

Mein Herz schlug so laut, dass ich nichts von dem mitbekam, was im Wohnzimmer weiter geschah. Minuten später, nachdem ich mich wieder beruhigt hatte, war es vollkommen still. Ich war noch mal davongekommen.

Über eine Stunde wartete ich, bevor ich mich leise ins Wohnzimmer schlich, um die Gabel zu holen. Auf Zehenspitzen tippelte ich vorsichtig zum Fernseher. James Bond mochte cool sein. Ich war obercool. Der Thrill war unglaublich. Ich bewegte mich, ohne auch nur das geringste Geräusch zu verursachen. Ihre Majestät, M und sicher auch Mister Q wären stolz auf mich gewesen. Für zehn Zentimeter Weg brauchte ich eine Minute. Bis zum Fernseher waren es zwei Meter.

Als ich nach zwanzig Minuten endlich am Ziel war, brauchte ich nur noch die Gabel vorsichtig zu entfernen und die ganze Aufregung war vorbei. Ich griff hinter den Fernseher, und mein Herz blieb stehen. Die Gabel war nicht mehr da.

Lockruf des Geldes

Nach dem Abenteuer mit der Antennengabel begannen meine Eltern sich Sendungen des Westfernsehens mit mir gemeinsam anzuschauen und hinterher mit mir darüber zu reden. Ich wusste allerdings nicht, was es eigentlich zu bereden galt, wenn Didi Hallervorden anderthalb Stunden lang von einem Schlamassel ins nächste gestolpert war. Das war einfach nur lustig. Meine Eltern schienen das auch bald einzusehen und entließen mich aus ihrer schützenden Obhut. Fortan war ich beim Westfernsehen vollkommen auf mich allein gestellt.

Es gab ein paar Sendungen, die mir einen Stich ins Herz versetzten und bei denen es mir weh tat zuzusehen. Zum Beispiel bei »1, 2, oder 3«, einem Ratespiel, bei dem Kinder Fragen beantworten mussten. Sie drückten dazu nicht etwa auf einen Knopf oder meldeten sich zu Wort, sondern sprangen auf drei Feldern hin und her, vor denen jeweils eine Antwortmöglichkeit stand. Das Feld, auf dem sie schließlich stehen blieben, gab die Antwort an. »Ob ihr wirklich richtig steht, seht ihr, wenn das Licht angeht«, hieß es immer. Die Gewinner standen im Rampenlicht, die Verlierer im Schatten.

Wer eine Frage richtig beantwortet hatte, bekam einen Ball, den er in einem Glaszylinder sammelte. Am Ende konnten die Kinder ihre Bälle an einer großen Wand voller Gewinne eintauschen. Man sah immer nur kurz, wie sich die bunte Wand öffnete und die Kinder mit ihren Bällen hinstürmten. Das war die Szene, die mir weh tat, denn die Spielsachen in der Gewinne-Wand lockten mich. Dabei konnte ich noch nicht einmal richtig erkennen, was es dort alles gab, weil bereits der Abspann der Sendung lief, während die Kinder ihre Gewinne aussuchten. Nur eines wusste ich: Diese Spielsachen waren unerreichbar für mich.

Wenn das die Verlockungen des Westfernsehens waren, vor denen mich meine Eltern immer gewarnt hatten, dann hatten sie recht behalten. Ich stellte mir oft vor, wie ich zu dieser Ratewand laufen würde, mit einer ganzen Menge Bälle im Glaszylinder, denn ich wusste die meisten Antworten auf die Fragen, die in der Sendung gestellt wurden. Sie waren nicht allzuschwer.

Bisher hatte ich immer geglaubt, dass es sich lohne, schlau zu sein und in der Schule gute Noten zu erhalten, weil man dann später seinen Beruf ordentlich erledigen konnte, was nun mal zum Bild einer guten sozialistischen Persönlichkeit dazugehörte. Jetzt sah ich, dass sich Wissen in Form von bunten Spielsachen bezahlt machen konnte, dass ich mir mit meinem Wissen ein schönes Leben hätte machen können, wenn ich auf der anderen Seite der Mauer leben würde. Ich war neidisch auf die Kinder, wenn sie vor der Wand mit den vielen Spielsachen standen.

Tod und Spiele

Es war ein Tag im Spätherbst wie viele andere auch. Nach einer Stunde Deutsch und einer Stunde Geographie waren wir auf den Hof gestürmt, um Schlangenfange zu spielen. Schlangenfange war ein sensationelles Spiel: Einer fing an, die anderen zu jagen. Hatte er einen erwischt, mussten die beiden einander an der Hand halten und gemeinsam weitermachen. Mit jedem Eingefangenen wurde die Schlange länger und länger, und je länger sie wurde, um so schwerfälliger war sie. Wenn man es jedoch taktisch richtig anstellte, konnte die Länge der Schlange auch von Vorteil sein. Es war ein Heidenspaß.

Gerade hatten wir bestimmt, dass Benjamin als erster fangen musste, und wollten schon lostoben, als der Aufsichtslehrer zu uns kam und sagte, dass wir uns heute in den Pausen angemessen und ruhig zu verhalten hätten. Im ganzen Land sei Staatstrauer verhängt worden, weil Leonid Breschnew, der große Staatsmann und Führer der Sowjetunion, gestorben war. Deshalb sollte während der Schulpausen niemand herumtoben oder gar schreien.

Wir waren sauer. Gut, Leonid Breschnew war tot, das war nicht schön. »Aber mal ganz ehrlich«, sagte Ricardo, »er war nicht mehr der Jüngste, und wenn man ihn in letzter Zeit so in der ›Aktuellen Kamera‹ gesehen hat, mit seiner versteinerten Miene und oft vollkommen bewegungslos, dann sah das doch so aus, als hätte der gute Leonid schon seit ein paar Jahren ausprobieren wollen, wie das so ist, tot zu sein.«

Keiner traute sich, laut zu lachen. Es stimmte zwar, was Ricardo gesagt hatte, aber es war dennoch ein Frevel, der ihm leicht einen Tadel einbringen konnte. Solche Gedanken behielt man besser für sich. Ich hatte schon oft gedacht, dass es mit Erich Honecker bald zu Ende gehen könnte. Es klang einfach nicht gesund, wie er im Fernsehen redete. Immer wenn er sich mit seiner Fistelstimme in selbst von Opernsängern unerreichte Höhen schwang, fürchtete ich, dass ihm ganz hoch oben einfach die Luft wegbliebe und er an seiner eigenen Sprache ersticken würde. Aber Erich Honecker war ja nicht da, um schön zu reden, sondern um eine ordentliche Politik zu machen. Deshalb machte man sich besser nicht darüber lustig.

Den Rest des Tages verbrachten wir daher damit zu trauern. Und wenn uns jemand über den Schulhof schleichen sah, dann konnte er tatsächlich den Eindruck gewinnen, dass wir Jungpioniere wegen der Nachricht von Leonid Breschnews Tod ehrlich bestürzt wären. In Wahrheit waren wir wegen unserer ausgefallenen Schlangenfangejagden traurig.

Nach ein paar Tagen verlief das Leben wieder in der gewohnten Routine. Wenig später erfuhren wir, dass ein gewisser Juri Andropow zu Breschnews Nachfolger gewählt worden war. Zwar hatte ich von dem Mann noch nie etwas gehört, aber die Freunde in der Sowjetunion würden schon wissen, wen sie zu ihrem Vorsitzenden machten. Andropow war sicher eine gute Wahl. Und nach etwas mehr als einem Jahr war auch er schon wieder tot.

Es folgten Tage der Langeweile in der Schulpausen. Wir staatstrauerten, was das Zeug hielt. Es passte uns zwar nicht, aber in gewisser Hinsicht war es zu verstehen. Es hätte einfach nicht nett ausgeschaut, wenn drüben in der Sowjetunion in so kurzer Zeit die ganzen guten Vorsitzenden wegstarben und wir auf dem Schulhof fröhlich um die Wette rannten. Also fügten wir uns in die Anforderungen an die pietätvolle Pausengestaltung.

Als Andropows Nachfolger Konstantin Tschernenko aber wieder nur knapp ein Jahr im Amt als Vorsitzender lebend überstand, wurde es uns langsam zuviel. Was war da drüben los? Mussten die Freunde denn immer wieder einen wählen, der durch sein frühzeitiges Ableben ständig unsere Pausengestaltung durcheinanderbrachte? Konnte da nicht zur Abwechslung mal ein Jüngerer ran?

Als hätte das Zentralkomitee der KPdSU uns erhört, wurde beim dritten Mal tatsächlich ein jüngerer Kandidat gewählt: Michail Gorbatschow.

Als wir ihn das erste Mal sahen, wussten wir: Das Muttermal sieht zwar ein bisschen merkwürdig aus, aber davon konnte einer nicht sterben. Gorbatschow machte einen ganz fitten Eindruck. Die nächsten Jahre würden wir wieder ungestört durch die Pausen toben können. Das wurde aber auch Zeit.

Die Tennismauer

Am 7. Juli 1985 wurden in Deutschland drei Millionen Tennisspieler geboren. Auch im Osten Berlins. Da war dieser rothaarige Junge, der nur ein kleines bisschen älter war als wir. Er kämpfte, schimpfte, warf sich über den Platz und gewann die wichtigsten Tennisturniere der Welt. Er war so cool. Genauso wollten wir auch sein. Von dreizehn Jungen aus meiner Klasse fingen sieben an Tennis zu spielen.

Meine Eltern sahen diese Entwicklung mit Skepsis. Hatten sie mich noch bei allen anderen Sportarten unterstützt, für die ich mich interessiert hatte, und jedes Jahr Unsummen für die Beschaffung neuer Sportgeräte und neuer Sportkleidung ausgegeben, erschöpfte sich ihr Beitrag diesmal in einem Buch mit dem Titel »Der weiße Sport. Doping im Tennis«.

Das war mehr als ein Wink mit dem Zaunpfahl, fast schon eine Tracht Prügel. Tennis galt bei vielen, und offensichtlich auch bei meinen Eltern, als Sport für Reiche, und mit diesem Buch machten sie mir das unmissverständlich klar. Aber was wog in den Augen eines Jungen in meinem Alter schwerer? Der gutgemeinte Rat und die ehrliche Sorge der Eltern oder die Abenteueraura eines Helden?

Im Tennisklub, der ganz in der Nähe unserer Schule war, ging es alles andere als nobel zu. Als Mitglied wurde man sogar verpflichtet, fünfzehn Arbeitsstunden im Jahr zu leisten, damit endlich ein neues Vereinshaus gebaut werden konnte. Doch selbst das konnte mich nicht davon abhalten, cool zu werden. Eher schon verhinderte mein verschrobener Holzschläger, der einzige, den es zu der Zeit zu kaufen gab, dass ich dem Bild eines jungen und verwegenen Tennishelden entsprach.

Ich trainierte fleißig, und weil die Tennisbälle teuer und also kostbar waren, wusch ich sie in der Waschmaschine, damit sie wieder wie neu aussahen. Zu meinem Erschrecken wurden die Bälle durch das Waschen jedoch ganz flauschig. Ich konnte zwar noch damit spielen und sie schimmerten auch wieder grüngelb statt schmutzigbraun, aber auf der Coolness-Skala büßte ich mit diesen Bällen alle mühsam erworbenen Punkte ein.

Leider war ich nur mäßig erfolgreich. In die Geschichte des Tennisvereins ging ich als der Spieler ein, der beim Matchball des Gegners mutig ans Netz vorstürmte, zu einem vernichtenden Volley ausholte – und in dessen Schläger plötzlich der gelbe Filzball steckte, genau dort, wo der Griff sich gabelte. Bis heute dürfte mir damit ein Platz in den Top ten der dümmsten Matchbälle sicher sein.

Vor allem bei den Punktspielen bekleckerte ich mich nicht gerade mit Ruhm. Eines Tages fuhren wir zu einem Auswärtsspiel in der Nähe des Friedrich-Ludwig-Jahn-Stadions. Als wir die Anlage betraten, stockte mir der Atem. Die Mauer zu West-Berlin verlief direkt entlang den Tennisplätzen. Wir standen vor einem vielleicht fünfzehn Meter hohen Erdwall, der steil nach oben ragte und auf dessen Kamm die weiße Betonwand thronte. Einer der Plätze war sogar von zwei Seiten eingekesselt. Auf diesem Platz musste ich spielen.

Noch nie zuvor war ich der Mauer so nah gewesen. Als mein Onkel und meine Tante aus Güstrow bei uns zu Besuch waren, hatten wir neben anderen Sehenswürdigkeiten Ost-

Berlins auch das Brandenburger Tor besichtigt. Dort versteckte sich die Mauer hinter den mächtigen Säulen. Hier auf dem Tennisplatz stand sie mit einer ungekannten Präsenz vor mir, deren unheimlicher Ausstrahlung ich mich nicht entziehen konnte.

Bereits im zweiten Spiel des erstens Satzes geschah das Unvermeidliche. Weil es mir nur selten gelang, Kraft und Gefühl gleichzeitig einzusetzen, und wegen dieses flauen Gefühls in meinem Magen, das sich mit dem Betreten des Platzes eingestellt hatte, schwang sich einer meiner Returns, statt unerreichbar für meinen Gegner in die entfernte Ecke seines Feldes zu fliegen, gleich einer Sojus-Rakete in den Himmel empor, um kurz darauf hinter der weißen Betonwand im Niemandsland zwischen Ost- und West-Berlin zu landen.

Die Freude bei meinem Gegner über den gewonnenen Punkt hielt sich in Grenzen. »Den Ball sehen wir nie wieder«, sagte er und schaute mich vorwurfsvoll an. »Wir haben noch nie einen Ball von da drüben wiederbekommen.« Das tat mir leid. Ich hätte ihm ersatzweise ein paar meiner struppigen Waschmaschinenbälle anbieten können. Aber ich hatte das unbestimmte Gefühl, dass solch eine Geste des guten Willens eher übel aufgenommen worden wäre. Also ließ ich es lieber bleiben.

Nach diesem Vorfall war meine Aufregung natürlich noch größer. Immer wieder starrte ich auf die Mauer, als gäbe es dort etwas, das ich unbedingt sehen musste. Aber da war nur eine lange weiße Wand, sonst nichts. Sosehr ich auch hinstarrte, ich konnte nichts entdecken. Zwei Spiele später – von denen ich übrigens keines hatte gewinnen können – schickte ich einen weiteren Ball in Richtung Erdumlaufbahn.

Gebannt schauten wir ihm hinterher. Eine ganze Weile sah es tatsächlich so aus, als würde er diesmal nicht hinter der Mauer landen. Aber hey, ich war der Mann, der bei Matchbällen den Ball mit seinem Schläger fangen konnte. Als der Ball wieder nach unten schoss, ploppte er oben auf die Mauer, sprang von dort noch einmal hoch und verschwand jenseits der weißen Wand.

Wütend rannte mein Gegner zu seinem Trainer und beschuldigte mich lauthals zeternd, die Bälle mit Absicht über die Mauer zu schießen, weil ich das Spiel sowieso verlieren würde und ihn wenigstens auf diese Weise noch ärgern wollte. Er war wirklich ein schlechter Gewinner.

Ricardo, der erstaunlicherweise ein As im Tennis war, hatte seinen Gegner mittlerweile bereits nach allen Regeln der Kunst zerlegt und die Höchststrafe über ihn verhängt: 6:0 in beiden Sätzen. Jetzt kam er zu mir, um sich zu erkundigen, warum mein Gegner nicht auf dem Platz stand, sondern sich bei seinem Trainer ausheulte. Wie es sich für einen echten Freund gehörte, lachte Ricardo mich aus, nachdem ich ihm die Geschichte erzählt hatte. Wie es sich für einen echten Freund gehörte, nahm ich es ihm nicht übel.

Welcher Idiot war eigentlich auf die Idee gekommen, den Tennisplatz direkt neben die Mauer zu bauen? Der antifaschistische Schutzwall mochte zwar gute Dienste leisten, wenn es darum ging, uns vor den Imperialisten von drüben zu beschützen, aber als Umzäunung eines Tennisplatzes taugte er herzlich wenig. Vor allem dann nicht, wenn die Grenzpolizisten die Bälle, die über die Mauer flogen, nicht wieder zurückwarfen. Was machten die überhaupt damit?

Um die Situation nicht weiter zu verschärfen, gab ich das ohnehin aussichtslose Spiel auf.

Auf dem Weg nach Hause erinnerte ich mich daran, wie ich die Mauer früher oft von der S-Bahn Richtung Baumschulenweg gesehen hatte. Auf dieser Strecke sah man für einen kurzen Moment die Mauer blendend weiß zwischen lauter Bäumen diesseits und jenseits der Grenze hervorragen. Dahinter thronten unübersehbar die ebenfalls weißen Hochhäuser des Märkischen Viertels von West-Berlin.

Man sah die Szenerie nur für ein paar Sekunden, bevor die S-Bahn-Gleise wieder zwischen den Häusern verschwanden. Innerhalb dieser wenigen Sekunden beschlich mich immer ein eigenartiges Gefühl. Einerseits war mir mulmig zumute, andererseits hatte ich Mitleid. Ich dachte: »Da drüben, da ist Westen. Die armen Leute.« Die Westler taten mir leid; nach allem, was ich über das Leben dort gehört hatte, ging es ihnen nicht gut.

Einerseits ausgebeutet und ständig von Arbeitslosigkeit bedroht, weil der Betrieb einem Kapitalisten gehörte, der vor allem an sich selbst und nicht an seine Arbeiter dachte, andererseits ganz besessen von der Gier, Karriere zu machen und sehr viel und immer noch mehr Geld zu verdienen, statt miteinander und füreinander zu arbeiten – ich stellte mir so ein Leben furchtbar vor, bis zum Zerreißen angespannt, ohne Ruhe und Frieden, vor allem ohne Seelenfrieden.

Der antifaschistische Schutzwall war für mich die Normalität. Solange ich lebte, war die Mauer dagewesen. Ich hielt es für richtig, dass es sie gab. Schließlich hatte es eine Zeit nach dem Krieg gegeben, in der die Grenze zwischen dem Osten und dem Westen offenstand. Das hatten wir in der Schule gelernt. Viele Ärzte und Fachkräfte, die in der DDR ausgebildet worden waren, erlagen der Versuchung des Geldes und nutzten die offene Grenze, um in den Westen zu gehen, anstatt Verantwortung in dem Land zu übernehmen, das bereits soviel in sie und in ihre Ausbildung investiert hatte. So war es dazu gekommen, dass die Mauer gebaut wurde, gebaut werden musste, gegen die faschistischen Angriffe aus dem Westen und auch um ein Ausbluten unseres Landes zu verhindern.

Ich dachte darüber nach, warum ich es als so merkwürdig empfunden hatte, auf dem Platz direkt neben der Mauer zu spielen. Das flaue Gefühl in meinem Bauch war der Grund. Als ich die Mauer so nah gesehen hatte, fühlte ich mich nicht beschützt, sondern bedroht.

Keine fünfzig oder hundert Meter hinter der Mauer fing der Westen an. Und obwohl unübersehbar und fest eine Mauer zwischen Osten und Westen stand, war sie durchlässiger, als ich vermutet hatte, denn es war ein Wessi, der mich zum Tennisspielen gebracht hatte.

Zu Besuch im sozialistischen Bruderland

Polen. Unendliche Weiten. Eine unserer Klassenfahrten sollte uns fast bis an die Grenze der Sowjetunion führen. Mehr als einen Tag saßen wir im Zug, um nach Biala Podlaska zu kommen, einem kleinen Ort in unserem sozialistischen Bruderland. So anstrengend die Zugfahrt auch war, im Vergleich zu dem, was uns in Biala Podlaska widerfahren sollte, war es das reinste Zuckerschlecken.

Wir waren in einem Internat untergebracht, wo wir eine ganze Etage für uns hatten. Unter uns im ersten Stock wohnten Schüler, die aus welchen Gründen auch immer in den Ferien nicht nach Hause gefahren waren.

Die Begrüßung durch unsere polnischen Waffenbrüder war herzlich. Sie hatten Hakenkreuze an die Türen unserer Zimmer gemalt. Ich war erschüttert. Hakenkreuze kannte ich nur von den Fotos in meinen Geschichtsbüchern. Niemals hatte ich ein Hakenkreuz gesehen, das jemand auf eine Mauer, eine Wand oder eine Tür gemalt hatte. Das war eine Beleidigung, wie sie mir noch nie untergekommen war. Wir waren schließlich Thälmannpioniere, die den Frieden liebten und die Kriegstreiber hassten, und wenn es auf der Welt je böse Kriegstreiber gegeben hatte, dann doch wohl Adolf Hitler und die Nationalsozialisten. Außerdem waren es Nationalsozialisten, die Ernst Thälmann umgebracht hatten, Namensgeber und Vorbild unserer Pionierorganisation. Was also sollten diese Hakenkreuze an unseren Türen?

Anscheinend hatten unsere polnischen Gastgeber im Geschichtsunterricht nicht richtig aufgepasst. Sonst hätten sie gewusst, dass die Bürger der Deutschen Demokratischen Republik und Polens einander im Warschauer Pakt wirtschaftlich und militärisch gegen die Imperialisten im Westen unterstützten. Und dass wir genau wie sie versuchten, den Sozialismus aufzubauen.

Vielleicht hätten wir geahnt, was die Hakenkreuze bedeuteten, wenn unser Geschichtsunterricht etwas differenzierter ausgefallen wäre. Wenn wir gelernt hätten, dass die Nationalsozialisten in Polen durchaus Unterstützer fanden, wenn es darum ging, Juden zu ermorden. Solchen Menschen mussten wir als vermeintliche Enkel Hitlers natürlich willkommen sein.

Aber es gab in unserem Geschichtsunterricht auch kein Wort davon, dass es Nazigeneräle gegeben hatte, die nach dem Krieg beim Aufbau unserer Volksarmee mitgeholfen hatten. Nazis, die auch nach dem Zusammenbruch des Hitler-Regimes als Lehrer, Politiker oder Soldaten weiterhin in Amt und Würden waren, das gab es nur im Westen, nicht aber in der DDR. Nicht in dem Land, das von Norden nach Süden und nach West-Berlin hin von einem antifaschistischen Schutzwall umgeben war.

Die nächste böse Überraschung in Biala Podlaska ließ nicht lange auf sich warten. Genau gesagt zwanzig Minuten. Dann nämlich bemerkte Ricardo, dass sein Portemonnaie, das er achtlos auf sein Bett geworfen hatte, nicht mehr da war. Über eine Stunde versuchte unsere mitgereiste Russischlehrerin herauszufinden, ob Ricardo sein Portemonnaie nicht doch schon während der Zugfahrt verloren hatte oder unterwegs vom Bahnhof zum Internat. Aber Ricardo schwor Stein und

Bein, dass er sein Portemonnaie die ganze Reise über um den Hals getragen hatte und erst jetzt abgenommen hatte. Ich war sicher, dass Ricardo sich nicht irrte. Ich kannte seine Mutter.

Ricardos Mutter war sehr nett. Er durfte Kaulquappen mit Hause bringen und Frösche daraus werden lassen, wenn er wollte. Seine Mutter schimpfte auch nie mit ihm, wenn er mit einem Fleck in der Hose heimkam oder über und über mit Schmutz beschmiert war. Sie war allerdings der festen Überzeugung, dass ein Mensch auf all seine Sachen achtzugeben hatte und nichts verlieren durfte. Im Winter nähte sie die Handschuhe an Ricardos Jacke fest, damit er sie nicht irgendwo versehentlich liegen lassen konnte. Als er einmal seinen Bleistift unter der Bank vergessen hatte, fuhr seine Mutter noch am gleichen Abend mit ihm zur Schule, wo ihnen Herr Zorn, unser Hausmeister, aufsperren musste. Noch nie hatte ein Mensch Herrn Zorn lachen gesehen. Und wenn eine Mutter mit einem Schüler um sieben Uhr abends bei ihm klingelte, weil dieser Schüler einen Bleistift unter seiner Bank vergessen hatte, dann konnte er sogar noch ein bisschen schlechter gelaunt sein als sonst.

Immer wenn Ricardo davon erzählte, wie er gemeinsam mit seiner Mutter und Herrn Zorn durch die leere Schule gegangen war, lief mir eine Gänsehaut über den Rücken. Herr Zorn war einer dieser Menschen, bei denen man sich nicht wundert, wenn sie sich vor deinen Augen in einen reißenden Wolf verwandeln. Man erschrickt zwar zu Tode, ist aber kein bisschen verwundert. Denn insgeheim hatte man sich eigentlich schon gedacht, dass sich der Herr Zorn ab und zu in einen Wolf verwandelt.

Nein, Ricardo irrte sich nicht. Wenn es möglich gewesen wäre, hätte seine Mutter das Portemonnaie an ihm festgenagelt. Auf ihre Weise hatte sie genau das getan. Ricardos Portemonnaie war einer von diesen Brustbeuteln, und seine Mutter hatte die Schlaufe so klein gemacht, dass Ricardo sich jedesmal wie ein Gummimensch wand, um das Portemonnaie über den Kopf zu ziehen.

Außerdem hatte Ricardo sogar einen Zeugen, denn während wir anderen schon wieder aus dem Zimmer stürmten, hatte André Ricardo helfen müssen, die Schlaufe des Portemonnaies über das rechte Ohr zu ziehen, so eng war sie. Es gab keinen Zweifel: Jemand hatte das Portemonnaie gestohlen. Und unsere Reise hatte gerade erst angefangen.

Nach dem ersten Essen kam endlich etwas Stimmung auf. Ich weiß nicht, ob es am Koch oder an den Zutaten lag, jedenfalls war das Essen widerlich. So widerlich, dass wir uns die ganze Zeit darüber lustig machten. Auf unseren Tellern lag zwar etwas, das aussah wie eine Kartoffel, aber genausogut ein ranziger Mehlklumpen hätte sein können. Mit Soßen oder Bratfett schien man in Polen recht sparsam umzugehen. Und das Gemüse hätte sicherlich eine gute Chance gehabt, wenn man es auf dem Feld ein wenig gegossen hätte. Zu trinken gab es eine Art verdünnte Fruchtkaltschale, aber dieselbe Wirkung hätte man auch mit Instant-Tee oder einer dieser chemischen Substanzen erzielen können, die so abstruse Namen haben, dass sie sich kein Mensch merken kann. Mit irgend etwas, was das Wasser rosa färbt und undefinierbar süßlich schmeckt.

Nach drei Tagen verging uns das Lachen. Der Koch schien nämlich gewillt, seinen eigenwilligen Stil beizubehalten. Wenn wir nicht verhungern wollten, mussten wir das essen, was er uns vorsetzte. Die Folge war allerdings fürchterlicher Durchfall. Wir waren in einem Teufelskreis gefangen.

Da wir gemeinsam in einem großen Speisesaal mit den polnischen Internatsschülern aßen, merkten wir schnell, dass sie dieses Essen gewohnt waren. Unsere abfälligen Späße kamen bei ihnen nicht gut an. Böse starrten sie zu uns herüber. Sie ließen uns auch dann nicht aus den Augen, wenn wir im Hof Tischtennis oder auf dem Bolzplatz Fußball spielten. Ich kam mir vor wie im Zoo, nur dass wir auf der falschen Seite des Gitters waren.

Als wir, um die Stimmung zwischen den Polen und uns wenigstens ein bisschen aufzulockern, vorschlugen, gegeneinander zu spielen, willigten sie sofort ein. Unsere sozialistischen Brüder ließen keine Gelegenheit aus, uns vors Schienbein zu treten. Wir verloren 11:3, und zum ersten Mal sahen wir sie lachen. Es war kein fröhliches Lachen. Die Häme darin war nicht zu überhören. Sie hassten uns. Aber warum?

Biala Podlaska war ungefähr so aufregend wie ein Stück Brot. Das Spannendste waren noch die regen Tauschgeschäfte, die sich jeden Tag in den Gängen des Internats abspielten. Schokolode, Pionier-T-Shirts und andere Kostbarkeiten, die wir mit nach Polen gebracht hatten, wechselten den Besitzer. Zu Wucherpreisen. Ich hatte es nicht recht glauben wollen, als einige Klassenkameraden mit Polen-Erfahrung vor der Reise dazu rieten, ein paar Tafeln Schokolode über den Eigenbedarf hinaus mitzunehmen, weil man sie für sehr viel Geld in Polen verkaufen könne. Eine Schokolade, für eine Mark gekauft, verzehnfachte ihren Wert in Polen. Einfach so.

Als ich fünf meiner zehn Schokoladen auf diese Weise losgeworden war, fühlte ich mich reich. Die restlichen Schlagersüßtafeln betrachtete ich als Kapitalanlage, sie waren meine Goldbarren im Safe, die eiserne Reserve für schlechte Tage. Und davon hatten wir hier ja schon einige gehabt.

Nach einer Woche rief unsere Lehrerin uns zusammen, weil sie uns einen wichtigen Vorschlag machen wollte: Wir sollten, um uns für die Gastfreundschaft der polnischen Internatsschüler zu bedanken, einige unserer Süßigkeiten sammeln und als Gastgeschenk übergeben. Ich war empört. Noch immer hatte ich vom Fußballspielen einen blauen Fleck am Knöchel. Unsere polnischen Freunde hatten uns zusammengetreten, beklaut, uns als Nazis begrüßt und uns Dinge zu essen gegeben, die nicht essbar waren. Sollten wir uns dafür bedanken? Mühsam sammelten wir ein paar Sachen zusammen. Es war ein Geschenk, das nicht von Herzen kam.

*

Als wir nach zwei Wochen endlich wieder nach Hause fuhren, machten wir für ein paar Stunden in Warschau halt. Eine Stadtrundfahrt stand auf dem Programm. Unser Stadtführer war ein älterer Herr, der sich seine letzten Haare über die Glatze gekämmt hatte. Er stellte sich als »unser« Onkel Sbicek vor. Wir legten aber gar keinen Wert auf einen polnischen Onkel.

Von Warschau selbst ist mir nicht viel in Erinnerung geblieben. Ein Kaufhaus, das wir besuchten, war wie leergefegt. Es gab kaum Menschen. Aber warum auch? Es gab ja kaum etwas zu kaufen. Dann gingen wir Mittag essen, »unseren« Onkel Sbicek im Schlepptau. Das Essen war wie immer eine Katastrophe. Fast auf jedem Teller blieb die Hälfte liegen, außer auf dem von Onkel Sbicek. Als er aufgegessen hatte und sah, dass wir noch etwas übriggelassen hatten, fragte er, ob wir noch aufessen wollten. Wir verzichteten, und Onkel Sbicek aß die Reste von zwei weiteren Tellern auf.

Ich schämte mich, als ich begriff, dass Onkel Sbicek arm war. Dass anscheinend ziemlich viele Polen arm waren. Dass es gute Gründe für das leere Kaufhaus und das schlechte Essen gab, das Onkel Sbicek so gut fand, dass er noch mehr davon nahm. Ich ahnte, warum uns die polnischen Schüler gehasst hatten. Mit unserem Verhalten hatten wir ihnen die eigene Armut überdeutlich vor Augen geführt. Für mich war der Verkauf der Schokolade ein Bombengeschäft gewesen, für sie eine Demütigung. Wenn ich eine Schokolade wollte, dann konnte ich in die Kaufhalle gehen und mir eine holen. Ich musste nicht eine halbe Stunde lang mit jemandem über den Preis verhandeln. Ich stand nicht mit leeren Händen da, wenn ich möglicherweise nicht bereit war, die völlig überzogenen Preise für eine Tafel Schokolade zu zahlen.

Was war das für eine Reise gewesen? Diebe, Hakenkreuze, Hass, Armut. Und eine erste Lektion darüber, wie es sich anfühlt, ein Kapitalist zu sein.

Das alles hatte ich in einem unserer sozialistischen Bruderländer erlebt. Ich war froh, als ich wieder zu Hause war.

Die Volkskammer

Ein Besuch in der Volkskammer gehörte für Berliner Schulklassen zum Pflichtprogramm, etwa so, wie der Mallorca-Reisende am Ballermann 6 vorbeischauen muss. Man kommt einfach nicht darum herum, weil einen hinterher sowieso jeder fragt, wie es ist, mit einem Riesenstrohhalm Sangria aus einen Eimer zu trinken.

Natürlich wurde in der Volkskammer nicht eimerweise Sangria vor die Besucher geschleppt. Es wurde überhaupt keine Sangria oder sonst irgend etwas ausgeschenkt. Es gab nur eine Lehrstunde in Sachen Demokratie. Die allerdings endete für mich genauso in einem Desaster wie der Ballermann-Besuch für manchen Kampftrinker.

Die Frau, die unsere Klasse nebst Lehrer durch die Volksvertretung der Deutschen Demokratischen Republik führte, gehörte der Liberaldemokratischen Partei Deutschlands an. Kein Thema, dachte ich mir. Wir sind ja eine Demokratie, und da gehören nun mal auch so Liberale und sogar Christdemokraten dazu. Das hatte ich im Staatsbürgerkundeunterricht gelernt. Trotzdem war mir etwas an dieser liberalen Frau nicht ganz geheuer.

Alles, was sie uns erzählte, hatte ich genau so schon des öfteren gehört. Zum Beispiel, wie die Abgeordneten bei uns in der DDR arbeiten: »In sozialistischen Staaten sind die Abgeordneten Vertreter und Vertrauensleute der Werktätigen. Durch ihre Arbeit dienen sie dem gesellschaftlichen Fortschritt und helfen, die Interessen und den Willen der

Bevölkerung durchzusetzen. Die Abgeordneten werden in freien, allgemeinen, gleichen, unmittelbaren und geheimen Wahlen auf fünf Jahre gewählt. Sie stellen sich vor der Wahl ihren Wählern in Wählervertreterkonferenzen und Versammlungen vor, nehmen Wähleraufträge entgegen, über deren Erfüllung sie Rechenschaft ablegen. Sie haben öffentliche Sprechstunden und führen regelmäßig Aussprachen mit der Bevölkerung durch. Die Abgeordneten nehmen aktiv teil an der Durchführung der von ihnen gefassten Beschlüsse, indem sie die Arbeit der dafür verantwortlichen Fachorgane kontrollieren, und bereiten neue Entscheidungen vor.«

So weit, so gut. Was in diesem Zusammenhang aber natürlich nicht fehlen durfte, war ein Hinweis darauf, wie die Demokratie im Westen gehandhabt wird: »Die Bevölkerung kapitalistischer Staaten kann kaum die Aufstellung von Kandidaten beeinflussen. Die verschiedenen Monopolgruppen wirken vielmehr entscheidend darauf ein, jene Abgeordneten in die Parlamente zu bringen, die ihre Interessen vertreten. Wähler in kapitalistischen Staaten können die Abgeordneten, die von ihnen gewählt worden sind, kaum kontrollieren und nicht abberufen.«

Tja, die armen Wessis. Die lassen sich ja schön an der Nase herumführen. Aber selbst schuld, dachte ich mir. Und dann wurde mir bewusst, was an der liberalen Dame nicht geheuer war: Sie hielt ihren Vortrag mit einem Tonfall, der implizierte, dass sie gar nicht meinte, was sie uns da erzählte. Sie war zynisch. Und hinter der Fassade der Worte, mit denen sie die Aufgaben unserer sozialistischen Abgeordneten schilderte, sagte sie in Wahrheit folgendes: »In sozialistischen Staaten sind die Abgeordneten ein Diebespack, das faul und unnütz in der Gegend herumlungert und die Werktätigen nach

Strich und Faden zu bescheißen versucht. Mit ihrer Arbeit bereichern sie sich, wo sie nur können. Und die Wahlen sind nichts weiter als eine Verarsche, denn wer gewinnt, steht sowieso schon vorher fest.«

Ich hatte bis dahin nicht sehr viele Menschen getroffen, die so redeten. Im Grunde genommen war ich noch gar keinem zynischen Menschen begegnet. Schon gar nicht jemandem, der eine so selbstverständliche Geringschätzung und Trostlosigkeit ausstrahlte, wie es diese Frau tat. Warum machte sie das? Wenn sie keine Lust hatte, uns durch die Volkskammer zu führen, brauchte sie das doch nicht zu tun. Es gab sicher genug andere Dinge für sie zu erledigen, und es gab sicher auch einen freundlichen Liberalen, der mit uns die Führung durch die Volkskammer hätte machen können. Ihr Tonfall aber wurde der verantwortungsvollen Arbeit der Leute hier nicht gerecht. Und dabei war sie doch selbst eine Abgeordnete.

Während ich fasziniert den Ausführungen der Frau folgte, um ihr Rätsel zu ergründen, war der Rest der Klasse in die für Junge Pioniere typische Politikstarre verfallen. Ungefähr am dritten uninteressanten Pioniernachmittag hatten wir herausgefunden, wie man sämtliche Lebensfunktionen auf das Wesentliche herunterfährt, um einerseits gerade noch zu überleben und andererseits sowenig Schaden wie möglich an der uns umgebenden Langeweile zu nehmen. In dieser Politikstarre war es uns möglich, zu reden, zu nicken, den Arm für Abstimmungen zu heben oder sogar wie jetzt geordnet in einer Gruppe umherzuwandern. Was man redete, wofür man abstimmte oder wo man sich gerade befand, prallte in dieser Situation jedoch vollkommen an einem ab. Darum bemerkte niemand, welche Ungeheuerlichkeiten die liberal-zynische

Dame erzählte, als alle im großen Plenarsaal der Volkskammer standen.

In der Volkskammer waren verschiedene Interessenverbände des Landes vertreten, die alle eine festgelegte Anzahl an Sitzen im Parlament hatten, der Bauernverband hatte weniger als die Gewerkschafter, die meisten Sitze gab es für die SED, die Freie Deutsche Jugend hatte auch welche, ebenso der Frauenbund, nicht jedoch der Männerbund, denn den gab es nicht, wohl aber die Liberalen und die Christdemokraten. Ein Spiegelbild der Gesellschaft eben.

Natürlich war die Verteilung der Sitze nicht so angelegt, dass irgendeiner die Mehrheit der fünfhundert Sitze hatte, man lebte ja schließlich in einer demokratischen Republik. Dachte ich. Bis die liberale Zynikerin verkündete, dass zwar alle Interessenverbände vertreten seien, aber die SED sowieso immer alles allein entscheide. Wie das denn gehe, wollte ich wissen, wenn die SED doch gar keine zweihunderteinundfünfzig Sitze habe.

»Haben sie wohl«, sagte die Frau. Denn doppelte Mitgliedschaften seien in der Volkskammer gang und gäbe. So waren die Parlamentsvertreter der Freien Deutschen Jugend gleichzeitig Mitglieder in der SED und die aus dem Freien Deutschen Gewerkschaftsbund auch. Die aus dem Frauenbund sowieso und die Bauern erst recht. Darum habe die SED immer mindestens zweihunderteinundfünfzig Stimmen. »Aber das ist dann doch gar nicht demokratisch«, warf ich verwirrt ein. Die Frau von den Liberalen schaute mich voller Mitleid an und erwiderte nichts. Ich verstand die Welt nicht mehr.

Diese Frau hatte mir den Boden unter den Füßen weggezogen. Das festgefügte Fundament der besseren Gesellschaft war mit einem Mal im Nirgendwo verschwunden. Mir wurde schlecht und schwindlig zugleich, und lange Zeit wusste ich nicht mehr, was ich denken sollte. Später sprach ich meine Eltern darauf an, meine Lehrer, aber sie lachten mich nur freundlich an, dass ich das wohl nicht richtig verstanden hätte. Ich war fix und fertig. Ich hatte alles ganz genau verstanden, und es machte auch Sinn. Ich wusste von Leuten, die sowohl in dem einen als auch in dem anderen Verband drin waren. Ich selbst war ja auch Mitglied in zehn politischen Verbänden, und ich war gerade mal erst vierzehn.

Mehr und mehr hatte ich das Gefühl, dass mit unserer Gesellschaft der besseren Menschen etwas nicht stimmte. Ich wusste nur nicht, was. Vielleicht rührten die Unstimmigkeiten daher, dass wir ganz am Anfang eines langen Weges standen. Es war ja nicht so, dass wir die sozialistische Gesellschaft bereits vollkommen verwirklicht hätten. Nein, wir befanden uns, wie Bildungsministerin Margot Honecker in meinem »Jugendlexikon« erklärte, im sozialistischen und kommunistischen Aufbau, der die Grundlage dafür schaffen sollte, eine entwickelte sozialistische Gesellschaft zu gestalten und so die grundlegenden Voraussetzungen für den Übergang zum Kommunismus zu schaffen.

Ich fand noch etwas in meinem Lexikon, was mich beruhigte. Dort hieß es:

> »Damit ihr kluge, vom Sieg der Sache der Arbeiterklasse zutiefst überzeugte junge Kommunisten werdet, müsst ihr die Theorie gründlich studieren, intensiv lernen und es verstehen, euer Wissen in der Praxis, im Leben anzuwenden. Besonders wichtig ist es, dass ihr euch die Grundlagen unserer marxi-

> stisch-leninistischen Weltanschauung und Moral zu eigen macht und sie im praktischen Kampf gut gebrauchen lernt, denn der Marxismus-Leninismus ist der Schlüssel, um die Entwicklung der menschlichen Gesellschaft zu verstehen, er ist der Schlüssel zum Verständnis aller anderen Wissenschaften.«

Der Marxismus-Leninismus also. Möglicherweise lag hier die Lücke in dem Bild, das ich von der Beschaffenheit der Welt und der Menschen hatte. Möglicherweise war er die Brücke, über die ich eines Tages gehen würde, wobei sich dann all meine Fragen in Wohlgefallen auflösten. Denn da der Sozialismus und der Kommunismus die beiden einzigen Gesellschaften waren, die nach wissenschaftlichen Erkenntnissen aufgebaut wurden, konnte ich mir lange den Kopf darüber zerbrechen, wie alles zusammenpasste, und würde doch nichts verstehen, solange mir der »Schlüssel zum Verständnis aller Wissenschaften« noch fehlte.

Blut ist dicker als Wasser

Der Sommer 1986 war etwas Besonderes. Zum ersten und einzigen Mal fuhr ich mit meinen Eltern in ein FDGB-Ferienheim. Die Plätze in den Ferienheimen des Gewerkschaftsbunds waren begehrt und folglich knapp. Aus irgendeinem Grund war es nicht möglich, das, was alle gerne haben wollten, in ausreichender Menge zu beschaffen. Egal, ob es sich um bestimmte Bücher, Trabants oder eben Ferienheimplätze handelte. Nur das, was keiner haben wollte, war in ausreichender Anzahl vorhanden. Zum Beispiel Winkelemente für die Maidemonstrationen, Rhabarber oder Stasispione.

Der Sommer 1986 war für mich nicht nur wegen des Ferienheimplatzes etwas Besonders, sondern es war der Sommer meiner ersten Fußballweltmeisterschaft, der ersten Fußballweltmeisterschaft, die ich bewusst mitverfolgte. Sie fand in Mexiko statt, und vor allem an ein Spiel erinnere ich mich bis heute: das Finale.

In dieser Zeit waren die anderen Jungs aus meiner Klasse und ich mit nichts anderem beschäftigt, als Fußball zu spielen. Wir spielten mit allem, gegen was sich treten ließ, weil uns die gemeinen Jungs aus den höheren Klassen bei jeder sich bietenden Gelegenheit die Bälle abnahmen und aufs Dach der Turnhalle warfen. Also mussten Alternativen her, deren Verlust nicht schmerzte. Zum Beispiel die Holzräder einer Feuerwehr, die im Hort kaputtgegangen war, zumindest war das die offizielle Version für die Hortnerinnen.

Die Feuerwehrräder waren so groß wie ein Eishockeypuck, und wir hatten sofort erkannt, dass sie ideal zum Kicken waren. Aber es handelte sich bei der Feuerwehr um Volkseigentum. Sie mutwillig zu zerstören war ein schweres Verbrechen. Zwar konnte keiner von uns so genau sagen, welche Strafe wir zu erwarten hatten, aber wenn nur die Hälfte dessen stimmen sollte, was wir über das Volkseigentum gehört hatten, lag es durchaus im Bereich des Möglichen, öffentlich ausgepeitscht zu werden.

Der Respekt vor dem Volkseigentum saß tief. Der Wunsch, Fußball zu spielen, tiefer. Und so hatten wir uns um die Feuerwehr herum versammelt und grübelten. Es war schließlich Ricardo, der mit seinem interpretatorischen Geschick die Zerlegung der Feuerwehr in die Wege leitete. Er sagte: »Wir sind das Volk.« Wir nickten. Das leuchtete ein. Die Feuerwehr gehörte uns. Als Ricardo auch noch bemerkte, dass man in diesem speziellen Fall nicht unbedingt von einer Zerstörung sprechen könne, denn Teile der Feuerwehr würden ja nur einem anderen Nutzen zugeführt, war die Demontage beschlossene Sache. Mit den vier Rädern konnten wir immerhin einen ganzen Monat lang Fußball spielen.

Wie es sich für ordentliche Bürger gehörte, hatten wir unseren Fußballwahn straff organisiert und einen eigenen Verein gegründet. Jeder musste in der Woche zwanzig Pfennig in die Mannschaftskasse einzahlen. Zwanzig Pfennig, davon konnte man sich immerhin vier Brötchen kaufen. Wir aber wollten einen ordentlichen Fußball kaufen. Aus Leder. Und nicht so eine olle Gummipflaume.

Dann bebte die Erde. Acht Monate vor dem Beginn der Fußballweltmeisterschaft tötete ein großes Erdbeben in Mexiko zehntausend Menschen. Mehr als dreißigtausend Menschen wurden verletzt.

Bilder von Slums hatte ich schon gesehen, auch solche aus Mexiko City. Sie zeigten mir, wie der Kapitalismus funktionierte: auf Kosten anderer. Diese Slums jetzt zu großen Teilen zerstört zu sehen war furchtbar. Wer würde diesen Menschen helfen, denen schon vorher, als ihre Not kaum geringer war, niemand geholfen hatte? Und was würde nun aus der Fußball-WM?

Wir brauchten nicht einmal eine Pause lang diskutieren, um den Beschluss zu treffen, dass wir den Mexikanern helfen mussten. Unsere Mannschaftskasse, in die wir nun schon seit Wochen für unseren neuen Ball einzahlten, sollte den Mexikanern zugute kommen. Wir würden die WM retten.

Wir brauchten ungefähr vier Pausen, um das Kleingeld zusammenzuzählen. 43,20 Mark waren es insgesamt, die Ersparnisse von vier Monaten. Fast hatten wir den Betrag schon zusammen, um uns einen Ball zu kaufen, der um die Ecke fliegen konnte, wenn man ihn nur richtig schoss. Aber was war das schon im Vergleich zur Rettung der Fußballweltmeisterschaft.

Noch nie war mir eine Spende so leichtgefallen. Wahrscheinlich hätten wir uns sowieso nur gestritten, wer von uns den Ball nach dem Spiel mit nach Hause hätte nehmen dürfen.

Wir sammelten nicht mehr für einen neuen Fußball. Vielleicht, weil wir wussten, dass das Geld besser investiert werden konnte als in einen Fußball, der um die Ecke fliegen konnte. Vielleicht, weil wir Angst hatten, dass die Erde wieder irgendwo beben würde und unsere Hilfe dann erneut gefordert wäre.

*

Acht Monate später waren endlich Sommerferien, und ich fuhr mit meinen Eltern in eines der sagenumwobenen FDGB-Ferienheime in den Harz. Dort angekommen, erwies sich das Ferienheim als einer dieser typischen DDR-Neubauten. Dazu gehörte eine große Wiese mit Tischtennisplatten und einem Volleyballplatz. Gleich dahinter lag ein kleiner Hügel, an dem sich ein Bach entlangschlängelte, die Bode.

Schnell schlossen wir Bekanntschaft mit zwei anderen Familien. Deren Kinder, noch zwei Jungs und ein Mädchen, und ich waren natürlich ständig am Bach zu finden. Ein idealer Spielplatz, fanden wir. Wie so oft waren unsere Eltern anderer Meinung und wollten, dass wir woanders spielten. Das konnte daran liegen, dass unser Lieblingsspiel darin bestand, über den Bach zu springen. Allerdings scheiterten wir regelmäßig und kehrten nass und mit schlammverkrusteten Hosen heim.

Ansonsten war es ein sehr harmonischer Urlaub. Ich wanderte mit meinen Eltern in den Bergen, lernte in einer Tropfsteinhöhle Stalaktiten und Stalagmiten kennen, sah mir den einer Sage zufolge versteinerten Abdruck eines Riesenpferds an und konnte zwei Tage später Oma und Opa am Telefon nicht erklären, ob ein Stalaktit nun von der Höhlendecke nach unten wächst oder doch vom Boden aus nach oben. Kurzum: Es war ein perfekter Urlaub. Jedenfalls bis zum Finale der Fußballweltmeisterschaft.

Meine Eltern und ich schauten das Spiel gemeinsam mit unseren Ferienfreunden an. Während wir Kinder gebannt auf den Fernseher starrten, unterhielten sich die Erwachsenen, als wären sie sich der Bedeutung dieses Spiels gar nicht bewusst. Vielleicht lag es daran, dass die DDR-Mannschaft bei der WM gar nicht dabei war. Im Finale jedenfalls spielte Argentinien gegen Westdeutschland. Und dabei geschah etwas Merkwürdiges: Ich war für die deutsche Mannschaft. Ich war für die Wessis.

Ich wusste nicht, woher dieses Gefühl kam, aber ich litt mit den Wessis mit. Vielleicht, weil sie die gleiche Sprache hatten. Vielleicht, weil jemand nichts dafür kann, wo er geboren wird. Vielleicht, weil Blut dicker ist als Wasser. Warum sollte ich für Argentinien sein? Die waren doch auch Wessis. Irgendwie. Bloß welche aus Südamerika. Da waren mir die anderen doch näher. Und so ärgerte ich mich über verpasste Chancen von Karl-Heinz Rummenigge und kaute an den Fingernägeln, wenn Maradona am Ball war.

Irgendwann merkten die Erwachsenen, dass ich mit dem Klassenfeind sympathisierte. Als Argentinien mit zwei Toren in Führung ging, hänselten sie mich und machten sich über meine Fanqualen her. »Na, was ist jetzt mit deinen Wessis?« bohrten sie in der Wunde. Die anderen Kinder glotzten mich blöde an und grinsten hämisch.

Ich hätte heulen mögen. Es sah wirklich schlecht aus für die deutsche Mannschaft, aber vor allem ärgerte mich, dass die anderen mich als Aussätzigen abstempelten. Nur weil ich im Finale zu den Westdeutschen hielt, hörte ich nicht auf, ein guter Pionier zu sein. Und schon gar nicht würde ich deshalb über Missstände wie Arbeitslosigkeit und Ausbeutung im Westen hinwegsehen. Aber was hatte das mit Fußball zu tun?

Rauschendes Fest

Die Jugendweihe war ein in zweierlei Hinsicht schreckliches Ereignis: Erstens musste ich gemeinsam mit meiner Mutter »etwas Vernünftiges zum Anziehen« kaufen, und zweitens kamen alle meine Verwandten zu Besuch.

Gemeinsam mit meiner Mutter etwas Vernünftiges zum Anziehen zu finden scheiterte bereits daran, dass ein Vierzehnjähriger und seine Mutter selten die gleiche Vorstellung von etwas Vernünftigem haben. Erschwerend kam hinzu, dass es nichts Vernünftiges zu kaufen gab. Das Angebot war überall recht übersichtlich, und das bedeutete, dass meine Mutter und ich drei Wochen lang nach ihrem Feierabend die Geschäfte abklapperten, um zu sehen, ob nicht doch irgendwo etwas Neues in den Regalen lag.

Die Anforderungen an mein Jugendweihe-Outfit waren hart. Meine Mutter meinte, es müsse etwas Festliches sein, dem Anlass entsprechend. Es dürfe aber nicht so aufgesetzt festlich sein, dass ich die Sachen hinterher nie wieder anziehen könne außer zu Hochzeiten und Beerdigungen. Da dachte meine Mutter praktisch. Wenn schon in Kleidung investiert werden musste, dann möglichst mit maximalem Nutzen.

Ich schien mein Schicksal mit einigen anderen Jungen zu teilen, die wir hin und wieder auf unserer täglichen Tour durch die Geschäfte und Kaufhäuser Berlins trafen. Die Kennzeichen waren eindeutig: Immer in Begleitung ihrer Mutter, machten sie missmutige Gesichter wegen der verlorenen Zeit, die sie lieber mit Fußballspielen oder Tennis verbracht hätten, und in den Augen ihrer Mütter sah ich dieselben gehetzten Blicke wie bei meiner Mutter.

Nach einer Woche brauchte meine Mutter nicht mehr mit den Verkäuferinnen zu reden. Ein Blick genügte, und sie wusste Bescheid.

Nach drei Wochen stieß meine Mutter in einem Geschäft auf eine graue Hose und eine graue Jacke. Das Ensemble kam – auf welchen Wegen auch immer – aus der Schweiz. Die Hose war okay, die Jacke allerdings war eine Windjacke, an der Bändchen hingen, wo an einer Jacke für einen Vierzehnjährigen keine Bändchen hängen sollten. Außerdem waren die Nähte an den Schultern mit einer runden Wulst hervorgehoben. Es war wirklich nicht das, was ich mir vorgestellt hatte. Aber als ich aus der Umkleidekabine trat und hinter dem erwartungsfrohen Blick meiner Mutter auch die Angst sah, dass mir die Sachen nicht gefallen würden, lächelte ich tapfer.

Ich wusste genau, meine Mutter würde noch drei weitere Wochen suchen, wenn ich ihr sagte, dass ich die Sachen scheußlich fand. Aber das sollte sie nicht. Ich hatte schließlich vier Jahre lang im Pionierchor auf der Jugendweihefeier unserer Schule gesungen. Und ich hatte alles gesehen: Jungen, die sich pausenlos am Hals kratzten, weil ihr Hemd sie fast erwürgte; Mädchen in den schrecklichen Blusen ihrer Mütter; den viel zu weiten Anzug von Moppel. Die coolsten Jungs waren auf der Treppe zur Bühne hinaufgestolpert, und die schönsten Mädchen hätten lieber nicht noch einmal zum Friseur gehen sollen. Selbst 1986, zur Hochzeit des schlechten Geschmacks, gab es Menschen, denen eine Dauerwelle partout nicht stehen wollte.

Eine gar so schlechte Figur würde ich mit meinen Schulterwülsten schon nicht machen. Notfalls konnte ich immer noch lässig bemerken, dass man das jetzt in der Schweiz halt so trage.

Durch meine Zeit im Pionierchor war ich mit dem Prozedere der Jugendweihefeier bestens vertraut: ein paar Lieder (immer dieselben), eine festliche Ansprache unserer Direktorin (immer dieselbe), eine festliche Ansprache des Klassenbesten (immer ein Mädchen) und ein Buch als Geschenk (immer »Weltall, Erde, Mensch«). Ich war daher nicht aufgeregt, was die Feier als solche betraf. Das Aufregendste war, was die anderen so zum Anziehen aufgetrieben hatten und wieviel Geld man auf der anschließenden Feier mit seinen Verwandten geschenkt bekam.

Offiziell ging es bei der Jugendweihe darum, uns Pioniere, die wir bald FDJler werden sollten, symbolisch in den Kreis der Erwachsenen aufzunehmen. Inoffiziell schienen viele Erwachsene den Sinn der Jugendweihe darin zu sehen, einen zum ersten Mal richtig betrunken zu machen. Und das war genau das, was ich am meisten fürchtete.

Meine Verwandten kamen aus Mecklenburg, einem friedlichen kleinen Landstrich, berühmt für seine vielen Seen und die baumgesäumten Landstraßen, auf denen man sein Auto prima zu Schrott fahren konnte. Mecklenburg war aber noch für etwas anderes bekannt: Die Leute dort schienen nicht allzuviel zu tun zu haben und vertrieben sich darum die Zeit, indem sie Alkohol tranken. Die Mecklenburger waren die besten Trinker der Republik, und die Republik war Weltmeister im Pro-Kopf-Verbrauch von Alkohol. Meine Jugendweihe versprach ein rauschendes Fest zu werden.

Fröhlich waren die Tanten, Onkel, Cousinen, Cousins, Omas und Opas in Berlin eingefallen, bedankten sich bei Mutti noch mal artig für die Pakete mit den Orangen, die wir ihnen im Winter geschickt hatten, und überreichten mir meine Glückwunschkarten. Satte 250 Mark nahm ich ein. So reich war ich noch nie gewesen.

Dann ging die Feier los. Und das bedeutete, dass ab 15 Uhr jedes Bier von einem Korn begleitet wurde. Es dauerte nicht lange, bis mich die Runde aufforderte, ruhig auch mal einen Schnaps zu nehmen. Meine Meinung, dass mir Schnaps nicht schmecke, wurde respektiert, mein Onkel kippte einen ordentlichen Schwung in ein Glas mit Cola: »Hier, so ist das besser.« Tatsächlich, er hatte recht. Die Cola mit Schuss süffelte sich recht angenehm weg.

Nach dem dritten Glas wollte ich mich nicht mehr bewegen. Ich hatte das Gefühl, dass es besser wäre, ruhig sitzen zu bleiben und tief durchzuatmen. Die Stimmung um mich herum wurde ausgelassener. Es kam mir so vor, als würden alle um mich herum nur noch schreien. Immer wenn meine Mutter lachte, war es, als würde neben mir eine Kirchenglocke geläutet. Nach einer Weile bemerkte ich, dass ich selbst mich nicht anders verhielt. Wenn ich etwas sagte, wie zum Beispiel »Prost«, weil mir irgendwer wieder einen Schluck nachgeschenkt hatte, sprach ich ohne Hemmungen einige Dezibel über Normallautstärke. Ich hatte tüchtig einen sitzen, und niemand schien sich daran zu stören. Tja, jetzt war ich wohl tatsächlich in den Kreis der Erwachsenen aufgenommen. Endlich konnte ich mich auf Familienfeiern genauso betrinken wie alle anderen auch.

Wie es dazu kam, dass ich schließlich ziemlich heftig mit meinem Vater diskutierte, weiß ich nicht mehr so genau.

Aber ich tat es, so gut ich es mit meiner schweren Zunge konnte. Auch worum es eigentlich ging, weiß ich heute nicht mehr so genau, aber schließlich platzte es aus mir heraus, und ich fragte meinen Vater mit barscher Stimme, was er überhaupt von mir wolle. Von einem, der in Deutsch eine Fünf gehabt habe, würde ich mir schon mal gar nichts sagen lassen. Schließlich war ich ja jetzt erwachsen.

Ich hatte den magischen Satz gesprochen, mit dem man Menschen wieder nüchtern zaubern kann.

Ich wollte ja nicht sagen, dass mein Vater dumm war, aber so doll war er in der Schule eben nicht und ich schon. Dafür hatte ich Respekt verdient, jetzt, wo ich erwachsen war. Das mit der Fünf in Deutsch hatte ich in seinen Zeugnissen gesehen, in Mathe war er auch nicht gerade eine Leuchte gewesen. Die Zeugnisse hatte ich zufällig beim Herumschnüffeln in der Kommode entdeckt, die bei uns im Wohnzimmer stand.

Mein Vater sagte keinen Ton. Niemand sagte etwas. Bis mich meine Tante fragte, ob ich Häuser bauen könne. Nein, außer mit meinen Steckbausteinen. Aber mit denen hatte ich schon lange nicht mehr gespielt. »Dein Vater kann Häuser bauen. Er macht das jeden Tag.«

Mein Trotz war schlagartig verflogen. Ich wünschte mir, dass mein Vater mir eine Ohrfeige geben würde, und alles wäre gut. Konnte denn niemand einfach ausholen und mir bitte eine runterhauen?

Mein Cousin grinste mich an, griff zu seiner Cola, die mindestens im Verhältnis 50:50 aufgepeppt worden war, nahm einen kräftigen Schluck, stellte das Glas wieder auf dem Tisch ab und kippte vom Stuhl.

Aufgeschreckt versammelten sich Tanten, Omas und meine Mutter um meinen Cousin, der nur noch ein paar lallende Laute von sich gab und umgehend ins Schlafzimmer meiner Eltern abtransportiert wurde. Den Rest des Abends tat ich genau das, worauf ich am meisten Lust hatte. Einfach nur dasitzen und atmen.

Ich dachte daran, wie ich einmal im Ferienlager meine Badeerlaubnis vergessen hatte. Ohne Badeerlaubnis durfte ich nicht baden gehen, da kannten unsere Gruppenleiter nichts. Mein Vater war damals allein zu Hause, meine Mutter auf einer Dienstreise. Um doch noch an die Badeerlaubnis zu kommen, schrieb ich einen Brief an meinen Vater. Drei Tage später hatte er mir zurückgeschrieben. Ich hatte noch nie von meinem Vater einen Brief im Ferienlager bekommen. Ich hatte ihn auch noch nie einen Brief schreiben sehen. Meine Mutter dagegen schrieb mir fast jeden Tag. Der Brief von meinem Vater war nicht lang. Und, ja, er hatte ein paar Rechtschreibfehler gemacht, aber ich hatte meine Badeerlaubnis bekommen.

Inzwischen verlief das Fest wieder in den üblichen Bahnen, das heißt, die Erwachsenen versuchten sich ebenfalls dem Alkoholkoma zu nähern. Da nahm mich meine Mutter beiseite und erzählte mir etwas, das ich bis dahin nicht gewusst hatte. Wenn ich die Zeugnisse meines Vaters genauer angeschaut hätte, sagte sie, hätte ich auch gesehen, dass das Zeugnis der achten Klasse sein letztes Zeugnis war.

Na und?

Geduldig erklärte meine Mutter, dass mein Vater bereits nach der achten Klasse die Schule verlassen hatte.

Warum das denn, zur Schule ging man doch mindestens bis zur zehnten Klasse? Und wenn man nach der Polytechnischen Oberschule auch noch die Erweiterte Oberschule besuchte, um das Abitur zu machen, waren es sogar zwölf Jahre.

Da fing meine Mutter zu erzählen an: »Dein Vater hat fünf Brüder. Und er ist der Älteste. Von klein auf musste er auf seine Brüder aufpassen, weil Oma und Opa die ganze Zeit arbeiteten. Damals lief das alles noch ein bisschen anders, vor allem auf dem Dorf. In den Ferien musste dein Vater sogar auf dem Feld mithelfen.« Meine Mutter erzählte noch eine ganze Weile von der Kindheit meines Vaters. Sie erzählte mir, wie es damals war, als mein Vater nach seiner Maurerlehre nach Berlin ging. Wie sie beide in einem winzigen Zimmer lebten. Sie erzählte von den drei Jahren, die mein Vater bei der Armee war und in der sie manchmal für Monate getrennt waren, weil mein Vater keinen Urlaub bekam.

Sie erzählte all diese Dinge, ohne auf mich herabzuschauen, ohne mich zu belehren. Sie redete mit mir, wie sie manchmal mit meiner Tante, ihrer Schwester, redete. Je länger sie so erzählte, um so mehr fühlte ich mich tatsächlich in den Kreis der Erwachsenen aufgenommen.

Begrüßungsgeld

Bis in den Sommer 1989 hinein hatte ich ein ganz normales Leben geführt. Ich hatte gelacht, ich hatte geweint, ich war glücklich gewesen und wütend, ich hatte viel gelernt und oft darüber nachgedacht, wieviel von dem, was ich gelernt hatte, ich wieder vergessen hatte, ich hatte gespielt, ich hatte gewonnen und verloren, ich hatte Angst gehabt, ich war mutig gewesen, ich war fleißig und manches Mal faul. Ich war ein ganz normaler Mensch.

Im Sommer 1989 wurde mein Leben plötzlich zur Geschichte. Es war, als gehörte es nicht mehr nur mir. Plötzlich war ich Teil von etwas geworden, das mehr und viel größer war als mein kleines Leben bisher. Wenn in Geschichtsbüchern oder Archiven einmal etwas über den Sommer 1989 im Osten Deutschlands geschrieben steht, dann wird zwischen den gedruckten Buchstaben auch mein Name, der meiner Eltern und Freunde und all der anderen Menschen stehen, die damals Geschichte lebten.

In dieser Zeit fühlte sich das Leben großartig an. Es war durchdrungen von einem mächtigen Gefühl der Freiheit, alles schien plötzlich möglich.

Aber bevor etwas entschieden oder angepackt werden konnte, gehörte die Geschichte auch schon wieder der Vergangenheit an. Mein Leben war an mich zurückgefallen. Vollkommen umgekrempelt zwar, aber zurückgesunken in dieselbe Bedeutungslosigkeit, in der es sich vorher befunden hatte. Die Geschichte hatte sich wieder in unerreichbare

Weiten entfernt und nichts weiter hinterlassen als die Routine des Alltags.

Den Hundertmarkschein holte ich mir im Rathaus Steglitz ab. Eine Woche nachdem die Grenzübergänge geöffnet waren, am frühen Nachmittag eines ganz normalen Wochentags. Es gab keine lange Schlange. Ich wartete vielleicht zwei Minuten, zeigte meinen Ausweis vor und bekam den Geldschein.

Als ich anschließend durch die Straßen von Steglitz ging, fühlte ich mich zum ersten Mal in meinem Leben arm. Ich hatte das Gefühl, als ob mich alle anstarrten und sofort erkannten, dass ich ein Ossi bin. Die Kleidung, das Auftreten, alles an mir war anders. Bis dahin war es für mich normal gewesen, dass hin und wieder ein Lkw vor der Kaufhalle parkte und die Leute sich gleich eine ganze Stiege Pfirsiche kauften, weil es recht unwahrscheinlich war, dass am nächsten Tag wieder so ein Lkw vor der Kaufhalle stand. Für mich war es normal gewesen, dass ich mit meiner Mutter stundenlang durch die Stadt fahren musste, um etwas Passendes zum Anziehen für die Jugendweihe zu finden. Aber das war nichts, worauf es in meinem Leben wirklich angekommen wäre, und deswegen hatte es mich nie gestört oder sich als etwas Schlechtes in meinem Bewusstsein festgesetzt.

Es war also ganz in Ordnung, wie es war, außer vielleicht manchmal, wenn man seiner neugekauften Jacke drei- oder viermal am Tag begegnete, weil Hunderte davon gleichzeitig in die Geschäfte gebracht worden waren. Einmal hatte ich zufällig dieselbe Jacke wie Philipp aus meiner Klasse. Ich konnte ihn überhaupt nicht leiden und die Jacke auch nicht. Das heißt, vorher hatte sie mir noch sehr gefallen, aber jetzt war sie nur noch hässlich. Ich zog sie nicht mehr an.

Hier in Steglitz gab es Unmengen an Kleidung, an Obst und Gemüse, an Spielsachen, an Glitzer und Glanz. Als ich all diese Sachen sah, war meine Vergangenheit plötzlich nicht mehr dieselbe, die ich kannte. Wir waren arm gewesen.

Dass es nicht wenige Ossis gab, die sich ihr Begrüßungsgeld dreimal oder viermal oder mitunter auch zehnmal abholten, könnte man als Beleg dafür nehmen, wie schnell einige von uns im Westen angekommen waren. Man könnte es aber auch so verstehen, dass selbst wir Ossis manchmal nichts weiter waren als Menschen, die erst einmal an sich dachten und dann noch einmal an sich und erst dann – wenn überhaupt – an andere.

Gut und Böse

Die folgende Zeit erlebte ich wie taub. Die Wahrheiten über die DDR, der Blick hinter die Fassade dieses Potemkinschen Dorfes, raubten mir meine Illusionen. Nicht der Marxismus-Leninismus klärte alle meine Zweifel, sondern die Nachrichten, die jetzt jeden Tag in der Zeitung und im Fernsehen enthüllten, warum das System der DDR scheitern musste: weil es schlecht war. Der real existierende Sozialismus der DDR hatte seine eigenen Ideen und Ideale mit Füßen getreten.

Es fühlte sich ein bisschen an wie in einer alten Liebesbeziehung, in der man aufgehört hatte, sich füreinander schönzumachen. In der man aufgehört hatte, den anderen jeden Tag aufs neue zu umwerben und ihm zu sagen, dass er das Beste war, was einem auf der Welt passieren konnte. In der man längst nicht mehr versuchte, ein besserer Mensch zu sein, sondern sich gehen ließ, dick und träge wurde, sich anödete. Wenn man ganz tief in sich hineinhorchte, dann war es schon seit einiger Zeit keine Liebesbeziehung mehr. Weil es gar keine Liebe mehr gab. Und es hatte auch aufgehört, eine Beziehung zu sein, weil das Band, das einen zusammenbleiben ließ, nicht mehr der Glaube und die Lust aneinander war, sondern die Gewohnheit.

Mit jedem Menschen, der der DDR damals den Rücken kehrte, wurde mein Leben und das, wonach ich gestrebt hatte, in Frage gestellt. Was vorher richtig gewesen war, galt jetzt als falsch.

War es so einfach? Brauchte man bloß aus einem Plus ein

Minus machen und umgekehrt, damit die Lebensformel wieder stimmte? Ich brauchte viel Zeit, um nachzudenken.

*

Es vergingen Jahre.

In dieser Zeit erlebte ich, wie das neunzehn Meter hohe Lenindenkmal, einst aus rotem ukrainischem Granit geschlagen, auf dem Leninplatz in Berlin abmontiert wurde, wie Straßen und Plätze umbenannt wurden, die die Namen wichtiger kommunistischer Persönlichkeiten getragen hatten, wie man darüber nachdachte, ob man DDR-Spione dafür verurteilen dürfe, dass sie für die DDR im Westen spioniert hatten. Ich erlebte Zugfahrten durch mein Land mit Westlern, die beim Anblick der grauen Häuser von Naumburg oder Bitterfeld fassungslos fragten, warum wir die Häuser in all den Jahren nicht gestrichen hätten: »Farbe werdet ihr ja wohl gehabt haben!« Nein, die hatten wir sowenig wie vieles andere. Ich gewöhnte mich an Menschen, die in der Bäckerei sagten: »Ich bekomme ...« statt »Ich hätte gern ...«, damit die Verkäuferin gleich merkt, wer hier das Sagen hat. Vielleicht war das nur eine Kleinigkeit. Mag sein. Aber der Teufel steckt bekanntlich im Detail.

Ich fragte mich oft, warum es mir nicht gelingen wollte, mich der pauschalen Verurteilung des Unrechts, das in der DDR vielen geschehen war, einfach anzuschließen. Warum jedesmal, wenn davon die Rede war, der Reflex ausgelöst wurde, mein Land verteidigen zu wollen. Warum ich mich nicht abwenden konnte von meiner Vergangenheit. Warum ich diese Vergangenheit nicht hinter mir lassen konnte. Bis ich eines Tages begriff, warum, bis ich begriff, warum es mir weh tat, wenn an der ehemaligen Grenze in Berlin die Gedenktafeln für die getöteten ostdeutschen Grenzsoldaten entfernt wurden. Weil nicht viel gefehlt hatte, damit ich einer von ihnen gewesen wäre. Ich weiß nicht, was passiert wäre, wenn sich die Entwicklungen in der DDR um ein paar Jahre verschoben hätten. Aber vielleicht wäre ich wie viele andere ein Grenzsoldat geworden und hätte eines Nachts vor der Entscheidung gestanden, auf einen Flüchtenden zu schießen.

Ich stellte mir vor, wie jemand, der von klein auf immer und immer wieder gesagt bekam, dass er die Grenze der DDR schützen müsse, der in der Schule gute Leistungen hatte, die aber nicht weiter auffielen, schließlich in die Nationale Volksarmee geht, weil er dort für eine gerechte Sache einstehen kann und ein bisschen vielleicht auch deswegen, weil ihm gesagt wurde, dass es sich später einmal auszahlen würde, dass er es in seinem Beruf sehr viel leichter haben werde, wenn er bei der NVA war. Und er möchte es gerne leichter haben, und deswegen steht er an der Grenze. Dann sieht er eines Nachts jemanden in Richtung Westen rennen. Und der Grenzsoldat rennt hinterher und ruft, dass der andere stehenbleiben soll, aber der bleibt nicht stehen. Der Grenzsoldat merkt, dass er den anderen nicht mehr einholen wird. Der Grenzsoldat ruft – wie er das in seiner Ausbildung monatelang gelernt hat –, dass er von der Schusswaffe Gebrauch mache, wenn der andere nicht stehenbleibt. Das Gewehr liegt schwer in seiner Hand. So fest der Grenzsoldat auch daran denkt, dass der andere, der da rennt, etwas Falsches tut, er wagt doch nicht, sein Gewehr zu benutzen. Er hat Angst. Unsagbar viel Angst. Der Grenzsoldat begreift plötzlich, was es bedeutet zu töten. Was es bedeutet, auf diesen anderen, der da rennt, zu schießen. Und er will das nicht. In diesem Moment bleibt der andere stehen und dreht sich um. Er hat selbst eine Waffe, und er hat keine Angst zu schießen. Denn er sieht nicht, dass der Grenzsoldat niemals auf ihn schießen würde, weil man in die Köpfe der Menschen nicht hineinsehen, sondern nur hineinreden kann. Aber nach Reden ist keinem der beiden zumute. Und so sieht der andere nichts weiter als einen Grenzsoldaten mit einem Gewehr. Er hört die anderen Grenzsoldaten herbeieilen, durch das Rufen ihres Postens alarmiert. Ein Schuss fällt, und der Grenzsoldat bricht tot zusammen.

*

Wer ist in dieser Geschichte der Gute und wer der Böse?

Die Wahrheit ist, dass es in dieser Geschichte keinen Guten und keinen Bösen gibt. Die Wahrheit ist, dass es in dieser Geschichte nur zwei Opfer gibt. Zwei Opfer eines Systems, das Menschen in eine Situation bringt, in der sie vor der Entscheidung stehen, ob sie einander töten. Mit keiner Träne trauere ich dem Osten hinterher.

Die Geschichte mit dem Grenzsoldaten und dem Flüchtling lässt sich beliebig weiterspinnen. Vielleicht wäre ich in der DDR, wenn alles noch ein paar Jahre so weitergelaufen wäre, Journalist geworden und hätte mich entscheiden müssen, falsche Wahrheiten zu schreiben, vielleicht wäre ich Lehrer geworden und hätte meinen Schülern beigebracht, dass in der DDR alle Nazis nach dem Krieg gerecht bestraft wurden und in Westdeutschland nicht, vielleicht wäre ich Sportler geworden und hätte irgendwelche Pillen genommen, alles nur Vitamine, wie der Trainer versicherte. Vielleicht hätte ich angefangen, Marxismus-Leninismus zu studieren, und wäre irgendwann genauso verbohrt gewesen, wie Erich Honecker es selbst dann noch war, nachdem er bei dem Pfarrer Uwe Holmer untergekommen war. Im Kirchenasyl, weil er nicht mehr wusste, wo er hinsollte.

Erich Honecker glaubte an eine Verschwörung, er glaubte noch immer daran, alles richtig gemacht zu haben, er glaubte, dass es den Menschen in der DDR gut ging. Wenn Honecker darüber sprach, warum die Wahlen in der DDR echte Wahlen waren, bei denen es um die Meinung des Volkes ging, dann sprach er in dieser störrischen Art und Weise, in der Menschen reden, die ganz fest an etwas glauben, aber eigentlich keine Argumente haben und die sich früher oder später mit Geifer gegen unangenehme Fragen und Diskussionen zur Wehr setzen. Menschen, die so reden, lassen sich nicht mehr überzeugen. Sie haben aufgehört zu denken.

Als ich Honecker so sah, tat er mir unheimlich leid. Nicht etwa, weil er ein alter Mann war, dem Unrecht geschehen war, sondern weil er ein alter Mann war, der den Rest seines Lebens nicht verstehen würde, welches Unrecht er anderen angetan hatte. Er würde niemals erkennen, dass er die DDR gemeinsam mit seinen Genossen zu Grabe getragen hatte, dass der Sozialismus der DDR kein Sozialismus war. Und weil er all dies niemals begreifen konnte, weil er es nicht mehr begreifen wollte, würde er auch niemals erfahren, wie eine gerechte und gute Gesellschaft wirklich aufgebaut sein musste und funktionieren konnte und wie es war, darin zu leben. Weil ihm dieses Gefühl und diese Erkenntnis von einer echten sozialen Gesellschaft, die von den Menschen geliebt und gelebt wird, verwehrt bleiben würde, deshalb empfand ich Mitleid mit diesem alten Mann. Deshalb und weil kaum etwas schmerzhafter ist als das Gefühl, unschuldig verurteilt zu sein. In einem Gefängnis zu sitzen und zu wissen, dass man die Tat nicht begangen hatte. Genauso würde sich dieser arme alte Mann den Rest seiner Tage fühlen. Das Leben selbst denkt sich noch immer die besten Strafen für uns aus.

*

Vielleicht wäre ich in der DDR aber auch jemand geworden, der Schluss gemacht hätte mit den bequemen Lügen, jemand, der mitgeholfen hätte, den Traum vieler wahrzumachen und endlich eine echte bessere Gesellschaft zu verwirklichen, die ihre Ideale lebte, anstatt sie zu pervertieren. Friede, Freude, Eierkuchen. An jedem Tag.

Epilog

Da ist noch die Sache mit dem Glück. Schließlich habe ich eingangs ja versprochen, dass unser Junger Pionier am Ende seiner Suche das Glück tatsächlich findet. Das tut er auch, keine Sorge. Was man verspricht, muss man auch halten. Vor allem, wenn es sich dabei um ein Pionierehrenwort handelt.

Nachdem also unser Junger Pionier sein Streben, ein guter Mensch zu werden, in der Zeit der Wende massiv in Frage gestellt sah, musste er sich vollkommen neu orientieren, denn er war jemand, der gerne und lange über die Dinge nachdachte und sie ungern einfach auf sich beruhen ließ. Dass er sich von seinem schwarzweißen Weltbild verabschieden musste, war ihm klar, die Welt war ein bisschen komplizierter und bunter, als er geglaubt hatte. Aber das fand er ganz in Ordnung so. Wo aber steckte in dieser bunten Welt das Gute? Was war der kleinste gemeinsame Nenner, auf den sich fast alle Menschen einigen konnten, egal, ob sie aus dem Osten kamen oder aus dem Westen?

Seine Zuflucht bei irgendeiner Ideologie oder einem Glauben zu suchen erschien unserem Pionier zu gefährlich. Viel zu klar hatte er erfahren müssen, wohin das blinde Vertrauen in eine Ideologie, der unerschütterliche Glaube an eine Sache führen konnte. Nein, die Weltreligionen abzuklappern war bestimmt nicht der richtige Weg. Er wollte sich aber auch nicht mit dem Gedanken zufriedengeben, dass der Mensch an sich schlecht sei und dass diese Schlechtigkeit immer wieder hervorbrechen werde, egal, wie der Mensch sein

Zusammenleben mit anderen organisiert. Er hatte vielmehr das Gefühl, dass es eine Konstante im Leben aller Menschen geben müsse und dass er sie in seinem Leben bereits erlebt und gefühlt hatte. Wenn ihm nur einfiele, wann genau das gewesen war ...

Eines Tages im Kino wurde ihm bewusst, was diese Konstante war. Als er nach dem pathetischen Happy-End auf dem Weg hinaus die feuchten Augen vieler Zuschauer sah, wusste er plötzlich, dass es genau das war, was die Menschen wollten: ein Happy-End. Sie wollten am Ende das Gute über das Böse triumphieren sehen. Immer und immer wieder.

In diesem Moment wusste unser Junger Pionier, dass die Menschen im Grunde ihres Herzens gut waren, und er kam nicht umhin, dem Kapitalismus ein stilles Kompliment zu machen. Denn ihm war mittlerweile auch klar, dass die Filme in den Kinos andere Geschichten erzählen und ein klein wenig anders enden würden, wenn sich das Böse besser verkaufen ließe als das Gute, wenn sich also mit dem Sieg des Bösen mehr Geld verdienen ließe.

Es war diese Erkenntnis, die ihn mit Glück erfüllte und ihm Hoffnung und Zuversicht für die Zukunft der Menschheit gab. Wann immer er sich fortan schlecht fühlte, ging er ins Kino und lauschte mit stiller Befriedigung dem unterdrückten Schluchzen und Schniefen ringsum.